KB114079

선마넘,
부활
하셨도다

천마님, 부활하셨도다 11

정영교 新무협 판타지 소설

초판 1쇄 찍은 날 § 2017년 11월 6일
초판 1쇄 펴낸 날 § 2017년 11월 13일

지은이 § 정영교
펴낸이 § 서경석

편집책임 § 신보라

펴낸곳 § 도서출판 청어람
등록번호 § 제387-1999-000006호
등록일자 § 1999. 5. 31
어람번호 § 제2-2730호

주소 § 경기도 부천시 부일로 483번길 40 서경B/D 3F (우) 14640
전화 § 032-656-4452 팩스 § 032-656-4453
http://www.chungeoram.com
E-mail § chungeorambook@daum.net

ⓒ 정영교, 2017

ISBN 979-11-04-91510-9 04810
ISBN 979-11-04-91193-4 (세트)

※ 파본은 구입하신 서점에서 교환하여 드립니다.
※ 저자와 협의하여 인지를 붙이지 않습니다.
※ 이 책은 도서출판 청어람과 저작자의 계약에 의해 출판된 것이므로,
　무단 전재 및 유포·공유를 금합니다.

선마협,
부활
하셨도다

정영교 新무협 판타지 소설
FANTASTIC ORIENTAL HEROES

11

도서출판
청어람

71장
함정下

양대 세력 간의 팽팽한 긴장감이 무림맹 성 내의 사방을 잠식했다.

함정에 빠졌다는 사실에 당혹감도 잠시, 혈교 전사들의 눈에는 어느새 전의가 치솟고 있었다.

그들이 무림 절멸을 목표로 하는 만큼 무림인들에 대한 그 분노는 하늘을 찌를 듯했다.

반면 무림맹의 정도 무림인들 같은 경우는 혈교라는 단체를 처음 접하기에 미지에 대한 두려움, 혹은 공포심이 서려 있었다.

'저들이 말로만 듣던 그 혈교란 말인가?'

'무림의 씨를 말릴 뻔했다고 하더니… 사악한 기운이 보통이 아니구나.'

오랜 세월 존재해 온 구파일방이나 오대세가에는 혈교에 대한 기록이 남아 있었다.

무림사에는 수많은 전설이나 구전(舊典)이 전해져 내려오는데, 그중 가장 최악이라 불리는 사건으로 기록된 것이 바로 혈교의 혈겁이었다.

그런 만큼 그들의 등장을 두려워하지 않을 수가 없었다.

'생각보다 어려울 수 있겠군.'

이런 상황 속에서 붉은 가면 일석의 머릿속이 복잡하게 돌아가고 있었다.

혈교의 백팔대에 속한 전사의 수는 사만 명이었지만 지금 그들을 둘러싸고 있는 마교와 무림맹 연합의 전력은 모두 오만 오천여 명이다.

그러나 백팔 대주 전체가 화경의 고수들이었기에 고수의 보유량은 오히려 혈교가 앞선다고 할 수 있었다.

결국 전체적인 전력은 거의 비등한 수준이었다.

성 내에서 양대 세력이 서로 싸우는 것이기에 전술이나 전략보다는 얼마만큼 강한 전의로 상대를 몰아붙이느냐가 더 중요했다.

'이렇게 된 이상 정면 승부로군.'

혈뇌의 계략대로 되었다면 기존 전력의 거의 팔 할 이상은 보존한 채 무림맹과 마교, 그리고 사파 연맹까지 전부 절멸시킬 수 있었을 것이다.

하나 지금 상황에서는 상황이 어찌 될지 짐작하기 힘들었다.

두 세력이 서로를 지배하는 것에 만족한다면 희생을 줄이기 위해서 양자 간의 대결 구도로 가겠지만, 한쪽은 무림 절멸을 꿈꾸고 다른 한쪽은 이를 막으려고 한다.

설사 양패구상이 되더라도 부딪칠 수밖에 없었다.

'하지만 혹시나 하는 상황에 대비해서 준비한 게 하나 있지.'

챙!

일석이 허리춤에 차고 있던 검집에서 검을 빼 들었다.

검을 뽑으니 날카로운 예기와 함께 금빛 섬광이 사방으로 퍼져 나갔다.

검에 관심이 많은 무림인들이 이 명검을 몰라볼 리가 없다.

검신에 황금빛 선으로 문양이 그려진 이 보검은 무림뿐만이 아니라 중원 전체에서도 유명한 명검인 승사검(勝邪劍)이었다.

"승사검?"

"저 검은 승사검이 아닌가?"

춘추전국시대 당시 오나라와 월나라의 강철 제련술은 각국의 수준을 넘어서 최고의 경지에 이르러 있었다.

전설적인 명장이라 불리는 간장(干將)과 막야(莫耶) 역시도 오나라 출신이었다.

어장검을 제작하는 명장인 구야자(歐冶子) 역시도 월나라 출신의 명인이었는데, 그는 당시 초왕의 부탁으로 다섯 개 명검을 만들었고, 그중 하나가 바로 승사검이었다.

무림인들이 이 검을 잘 알고 있는 이유가 있었다.

그것은 바로 검의 주인 때문이었다.

"어째서 저자가 저 검을 가지고 있는 거지?"

"저건 분명 중문검 제석연 대협의 검이 아니었나?"

중문검(中文劍) 제석연.

그는 무림의 다섯 절대 고수인 오황의 일인이자 중원무림의 패자라 불리는 자였다.

오황 중에서 유일하게 중원무림에서 활동을 하지 않은 자다.

그는 출도 이후로 딱 두 번 모습을 드러냈는데, 원래 중원무림의 패자이던 전대 오황 칠성권자를 눌렀을 때와 전대 오황들이 천하제일을 다투기 위해 모여서 논검(論劍)을 벌일 때가 전부였다. 그 후로는 한 번도 무림에 관여하지 않은 인물이다.

"제석연 대협이 혈교인이었단 말인가?"

"아니야. 그럴 리가 없어."

정도 무림인들이 믿을 수 없다는 듯이 웅성거렸다.

제석연이 오황 중에서 유일하게 무림인으로 활동하지 않은 이유는 그가 관인(官人)이었기 때문이다.

현 황실에서 대제학을 맡고 있는 걸로 유명한 학자이자 오직 하나의 검법만으로 다른 오황들과 천하제일을 다툰 뛰어난 검객이었다.

괴물 같은 무위와 독공으로 그 위명을 계속해서 가져온 서독황과 더불어 수십 년 동안이나 오황의 위명을 계속 유지한 자가 바로 제석연이었다.

승사검은 전 황제가 제석연에게 하사한 검으로 유명했는데, 그것을 붉은 가면의 일석이 들고 있으니 모두가 혼란스러워하는 것은 당연했다.

'후후후, 성공이군.'

오황일지 모른다는, 혹은 오황이 그에게 당한 것인가 하고 고민하는 새에 좌중의 전의가 가라앉았다.

만약 그가 정말로 중문검 제석연이라면 황실에서도 대제학이라는 높은 직위를 가진 관인이었기에 함부로 건드릴 수 없었다.

무림과 관은 불가침의 관계였기에 관의 인물을 까딱 잘못

건드렸다가는 그 후환을 감당하기 힘들어진다.

일석은 적들에게 이런 혼란을 가져다줌으로써 전황을 유리하게 바꿀 목적이었다.

하지만 모두가 혼란스러워하는 것은 아니었다.

'붉은 눈?'

마교주 천극염의 눈에는 가면 틈새로 그것이 선명하게 보였다.

붉은 안광으로 보아 죽은 자가 부활한 것이 틀림없었다.

붉은 가면의 일석은 이곳에 있는 자들 중에서 누구도 제석연의 얼굴을 알지 못할 거라고 확신했지만, 천극염은 젊은 시절에 전대 오황이자 부친인 태상교주 천여극을 따라서 천하제일 논검 자리에 참석한 적이 있었다.

그때의 기억 속 제석연은 고상한 학자의 모습이었고 두 눈에 붉은 안광은 없었다.

'저자가 제석연의 검을 빼앗았단 말인가?'

만약 그런 것이라면 저 붉은 가면의 남자는 적어도 현경의 경지이면서 오황급에 속하는 실력자라는 말이다.

제석연과 몇 차례 대화를 나눠보기도 한 만큼 그가 아님을 확신하는 천극염이었다.

"흥! 어딜 감히 제석연의 검으로 그의 흉내를 내는 것이더냐!"

천극염이 천마검을 들어 올리자 검은 마기가 용솟음치며 그의 주변으로 흑색 운무가 피어올라 왔다.

천마검에 실린 마기의 힘을 빌린 천극염은 흡사 천마에 버금가는 기세를 보였다.

이 전쟁만큼은 같은 방향에 서 있음에도 불구하고 정파무림의 인사들은 강렬한 마기에 소름이 돋을 정도였다.

"받아랏!"

쩌렁쩌렁한 외침과 함께 천극염의 신형이 하늘 높이 치솟아 일석을 향해 패도적인 기세의 검강이 실린 일 초식을 펼쳤다.

"이, 이게 현 마교주의 실력이란 말인가?"

무림맹의 마교 정벌 당시 마교주를 상대한 검황의 대제자인 종현과 정파 고수들의 입에서 탄성이 흘러나왔다.

그때와는 비교하기 힘들 정도의 강한 기세에 놀라움을 금치 못했다.

마찬가지로 일석의 눈에도 이채가 띠었다.

'당대 마교 교주의 실력은 형편없다고 알고 있었는데?'

혈교의 정보망을 통해 마교 교주의 실력은 화경의 경지로 알고 있었다.

그런데 지금 기세만 봤을 때 그는 현경의 경지가 틀림없었고, 심지어 그 위력은 완숙의 경지와도 같았다.

'이런 기세라면 검으로 막기 힘들겠군.'

"홍!"

결정을 내린 붉은 가면의 일석이 바닥에 승사검을 집어 던졌다.

그리고 두 손에 붉은 강기가 치솟더니 일석이 하늘로 치솟는 두 마리의 용처럼 상승세의 권초를 펼치며 천극염의 패도적인 검초를 막아냈다.

쾅! 챙! 쾅! 채챙!

두 절대 고수가 부딪치면서 일어난 강기의 여파가 사방으로 뻗어나갔다.

허공의 유리한 고지에서 먼저 선공을 날린 것은 천극염이었지만 일석의 권초가 어찌나 절묘한지 그의 검세를 막은 상태에서 가슴에 일격을 날렸다.

픽!

"크흡!"

반탄강기로 권강의 기세를 막아냈지만 내상을 입지 않을 수가 없었다.

입가에 흐르는 피를 소매로 닦아낸 천극염이 방어 초식을 펼치며 거리를 벌렸다.

'높은 경지에 비해서 초식을 다루는 능력이 떨어지는군.'

일 초를 겨루면서 일석은 천극염의 초식 운용 능력이 현저히 떨어짐을 알아챘다.

천마검에 실린 마기의 정수 덕분에 기세나 위력은 비등했지만 초식의 운용 면에서는 이제 막 현경의 경지에 오른 천극염이 밀리는 것은 당연했다.

"사악한 사공을 쓴다!"

"저자는 제석연 대협이 아니야!"

천극염의 선공 덕분에 정도 고수들은 일석이 제석연이 아니라는 것을 눈치챘다.

두 번 무림에 모습을 드러냈지만 현문정종의 내공을 익혔다고 알려진 제석연이 저런 사악한 혈마기를 가질 리가 없었기 때문이었다.

더군다나 검의 고수로 유명한 제석연이 검을 집어 던지고 권초를 펼친다는 것은 이해할 수 없는 일이었다.

'혈교에서 더 수작을 부리기 전에 해결해야겠구나!'

검황은 더 공격을 지체하면 혈교에서 더욱 비겁한 짓을 할지도 모른다고 생각했다.

그가 손을 들어서 명하자 기다렸다는 듯이 후방에서 대기하고 있던 수천 명의 무림맹 무사들이 화살을 빼 들고 시위를 당겼다.

"쏴라!"

검황의 명이 떨어지자 수천 개의 화살이 혈교 전사들의 진영 한복판으로 날아갔다.

하나같이 일류에서 절정의 고수들로 이뤄진 혈교의 전사들이었지만 공력이 실린 수천 개의 화살을 완전히 피하는 것은 불가능했다.

파파파파팍!

"크헉!"

백여 명에 가까운 혈교 전사들이 화살을 맞고 즉사했다.

그러나 대다수의 혈교 전사들은 화살을 잡아내거나 치명적인 곳에 맞는 것을 피했다.

'보통 놈들이 아니구나.'

"흥! 어리석은 무림인들 같으니! 고작 화살 따위로 우리를 어찌해 볼 셈이었더냐!"

삼석이 손을 들자 기다렸다는 듯 혈교의 전사들이 함성을 내지르며 무림맹과 마교의 동맹 무사들을 향해 짙은 살기를 내뿜으며 진격했다.

"와아아아아아!"

"저들이 온다! 전 무림맹 무사 착검!"

검황을 비롯한 정도 무림의 수뇌부들이 소리치자 무림맹에 속한 정도 무림의 무사들이 검집과 도집에서 검과 도를 뽑았다.

"오늘 본 교는 다시 위대한 천마신교의 영광을 재현할 것이다! 천마신교를 위하여!"

"천마신교를 위하여!"

교주가 적들의 수장과 겨루고 있으니 일 장로인 오맹추가 대신해 사기를 진작시키는 함성을 질렀다. 그러자 마교인들 역시도 복명복창을 하며 무기를 뽑아 들고 앞으로 진격했다.

순식간에 십만에 가까운 엄청난 수의 무림인들이 격돌했다.

정도 무림의 성지라 불리는 하남에서 천 년 만에 무림 대전쟁이 시작된 것이다.

콰콰콰쾅!

초절정에서부터 화경에 이르는 고수만 수백 명에 이르는 엄청난 규모의 전쟁답게 순식간에 성 내는 아수라장을 넘어서 그 싸움의 여파가 상상을 초월했다.

전장 그 자체라고 해도 과언이 아니었다.

'천마는 없는 건가? 어디 있는 거냐, 천마!'

하얀 가면을 쓴 삼석은 유일한 목표인 천마가 보이지 않자 실망한 기색이 되었다.

그러다 선두에서 무림맹의 무사들을 이끌고 있는 검황의 모습이 보였다.

창천검을 휘두르는 것만으로도 그녀는 그가 검문의 수장이면서 검선의 후예임을 금방 알아챘다.

천마 이상으로 증오하는 검선의 후예였다.

"비켜라! 저놈은 내 몫이다!"

"아?"

팔신장 중에서 검황을 상대하려고 하던 설금 대주와 광혈 대주는 그녀의 표독스러운 외침에 아쉬운 얼굴로 신형을 틀어야만 했다.

"검선의 후예에에!!"

"헛?"

삼석의 섬섬옥수와도 같은 양손이 악마처럼 붉게 물들어 검황에게 쇄도했다.

검황은 자신을 향해 광기를 내비치며 달려드는 삼석의 기세에 흠칫 놀라며 검망을 만들어내 그녀의 혈옥수를 막아냈다.

채채채채채챙!

"죽엇! 죽어어어!!"

놀랍게도 그녀의 극성의 혈마기와 한기가 서린 혈옥수의 위력은 검황의 검초와 비교해도 손색이 없었다.

오히려 삼석의 이해할 수 없을 정도의 광적인 기세에 천하의 검황이 검망을 펼치다 몇 걸음 밀려나고 말았다.

쩌적쩌적!

삼석이 펼친 혈옥수에 실린 한기(寒氣)가 너무 강해서 검황의 검초가 허공에 상흔을 남기고 얼음 조각이 부서져 바닥에 떨어졌다.

세외삼대신공인 북해빙궁의 설한신공에 버금갈 만큼 엄청난 음기의 무공이라 할 수 있었다.

'대체 이런 괴물이 어디에 숨어 있었단 말인가?'

기존 정도의 무공에서 너무나도 벗어나는 사도 무공의 위력에 검황의 눈빛이 매우 진중해졌다.

'무서울 정도의 전의다. 본좌가 낭패를 볼 수도 있겠구나.'

무공 대결에 있어서 내공이나 초식 운용도 중요하지만 더욱 승패를 좌지우지하는 것은 바로 전의였다.

전의가 높을수록 무궁무진한 역량을 발휘하도록 도움을 주는데 삼석의 분노와 광기에서 비롯된 전의는 상상을 초월했다.

십만 명에 가까운 무인 간의 전쟁은 그야말로 아수라장 그 자체였다.

검기와 검강이 난무하면서 조금이라도 무공의 수위가 낮은 무인들은 싸움의 여파에 휩쓸려 죽기 십상이었다.

무림맹의 성 내가 굉장히 넓다고 해도 십만 명이나 되는 고수들이 전쟁을 벌이니 북새통이 되지 않을 수 없었다.

'대체 이 많은 고수들이 어디에 숨어 있었단 말인가?'

혈교의 전사들을 상대하는 정파와 마교의 고수들은 하나같이 의문이 들었다.

무림에서 짧게는 몇 년에서 몇 십 년 가까이 활동했건만 한 번도 이런 고수들을 만나보거나 접해본 적이 없었다.

더군다나 그들이 사용하는 무공의 진체인 혈마기는 사파의 무공보다도 훨씬 사악한 기운을 내포하고 있어서 한 번 치명타를 당하면 부상을 치료하기도 힘들었다.

그러나 혈교의 전사들 역시도 이에 못지않게 곤욕스러운 부분이 있었다.

"아미타불!"

불호를 외치며 무공을 펼치는 자들이 있었으니 바로 소림의 십계승들이었다.

원래는 사파 연맹과의 전쟁에 젊은 승려들을 잃어서 더 이상 전쟁에는 참여하지 않으려 한 소림사였다.

그러나 암중에 사악한 무리가 배후에 있을지도 모른다는 검황의 진지한 요청에 십계승을 파견한 것이다.

불심이 높은 십계승들은 항마기가 강했기 때문에 혈마기와는 완전 상극이라 할 수 있었다.

퍽!

"하하하하하핫! 본 승의 권을 막아보아라!"

십계승 중에서 가장 위명을 떨치는 살계승 원강 선사는 그야말로 파죽지세로 혈교의 전사들을 압박하고 있었다.

"저게 중이야, 아님 야차야?"

손속에 사정을 두지 않는 원강 선사의 권강에 혈교의 전사들조차 혀를 내둘렀다.

불법을 행하는 소림사에서 유일하게 악(惡)을 향한 살계가 허락된 만큼 그의 항마심이 가득한 살수는 혈교의 고수들조차 곤욕스럽게 만들었다.

"빌어먹을 구대문파 놈들!"

촥!

"크헉!"

순식간에 무당파의 고수 한 명이 잔인한 일검에 반 토막으로 잘려 나갔다.

백팔 대주의 수장인 팔신장 중의 한 명인 사검 대주는 닥치는 대로 선기와 불도의 기운을 지닌 구대문파의 고수들을 공격했다.

구대문파는 도가와 불도를 지향하기 때문에 무공이 낮은 혈교의 전사들은 항마기에 억눌려 제대로 힘도 발휘하지 못하고 쓰러져 갔기 때문이다.

챙!

"응?"

잔악한 검법으로 정도 무림인들을 학살하다시피 하는 그

의 검을 누군가가 막아냈다.

그는 정파무림의 고수 중에서 열 손가락 안에 드는 매화검선 연운자였다.

"참으로 사악한 검초를 쓰는구려. 이제 빈도가 상대해 드리겠소."

"이 말코 도사 놈이 내 검을 막다니!"

팔신장 중에서도 상위권에 해당하는 서열 삼위의 사검 대주였다.

그의 검이 뱀처럼 교묘하게 움직여 순식간에 연운자의 목을 꿰뚫으려 했다.

하지만 매화검선은 무림에서도 경험이 많은 고수였다.

챙!

수월하게 그의 검을 막아내고 오히려 반격해서 그의 미간에 있는 요혈을 검지로 노렸다.

놀란 사검 대주가 뒤로 공중제비를 돌면서 그의 검을 피한 뒤 미꾸라지와 같은 유연한 보법으로 거리를 벌렸다.

'정말 괴이한 무공을 쓰는 자로구나.'

'젠장, 이놈은 천 년 전에 싸운 화산파의 고수들보다도 더 강하구나.'

두 사람은 서로의 실력에 감탄했다. 서로를 해하지 않는다면 아군에 큰 피해가 생길 거라고 확신하며 계속해서 생사의 대결을 이어나갔다.

"합!"

한편 마교의 일 장로인 오맹추 역시도 혈교의 팔신장 중의 한 명인 광혈 대주와 피 터지는 일전을 벌이고 있었다.

두 고수 모두가 호전적인 전투를 즐겨하다 보니 방어보다는 공세에 집중해 상처로 인하여 옷이 피로 젖었다.

'이놈, 실력이나 배짱이 보통이 아니구나!'

광혈 대주는 자신의 패도적인 거혈도를 막아내다 못해 그것을 뚫고 공격해 오는 오맹추의 변화무쌍한 도법에 감탄을 금치 못했다.

검문과의 대전을 비롯해 남마검, 강시들과의 일전 등 짧은 기간 동안 생사를 넘나드는 수많은 전투 경험으로 오맹추는 무공이 현저하게 진일보한 상태였다.

"마교는 천마 놈을 제외하면 전부 쭉정이뿐인 줄 알았더니 네놈도 제법이구나!"

"뭐얏! 감히 본 교의 조사님을 함부로 들먹이다니!"

"엇?"

채채채채채챙!

원래부터 공세가 강한 오맹추였지만 마교에 있어서 신격화된 천마 조사를 함부로 거론하자 한층 더 강맹한 기세로 도를 휘둘러 광혈 대주를 몰아붙였다.

한 번 기세에 밀리자 광혈 대주는 제대로 방어하지 못하고 뒤로 밀려 났다.

바로 그때.

촥!

"크헉!"

누군가 오맹추를 기습해서 그의 등을 찔렀다.

하지만 격전 중이었기에 호신강기로 몸을 보호하고 있어서 큰 부상은 면할 수 있었다.

오맹추가 격분한 얼굴로 자신을 기습한 자에게 소리를 질렀다.

"감히 기습을 하다니! 비겁한 놈!"

그를 기습한 자는 백팔 대주 중의 한 사람인 원열 대주로 팔신장 중의 한 명인 광혈 대주가 당할지도 모른다는 생각에 기습을 가한 것이다.

"크윽! 누가 함부로 도우라고 했더냐!"

아무리 전장이었지만 고수들 간의 대결에 누군가 간섭을 하게 된다면 그것은 모욕에 가까운 행위였다.

수치스러움에 광혈 대주가 화를 내자 원열 대주가 머쓱해하며 아무 말 없이 다른 격전지로 사라져 버렸다.

사실 거의 수뇌부급에 해당하는 싸움이었기에 자존심을 부렸지만 성 내의 싸움은 어느새 공평함과 정정당당함을 벗어나 죽고 죽이는 양상으로 변해가고 있었다.

"죽엇!"

"컥!"

화경의 경지에 이른 혈교의 백팔 대주인 능파 대주조차도 뒤에서 벌어진 기습적인 일격에 심장이 꿰뚫려 단말마의 비명과 함께 즉사하고 말았다.

아무리 강한 고수라고 하더라도 쉴 새 없이 기습을 가하는데 버틸 수 있겠는가.

십만 명에 이르는 무림인이 싸우는 난전 속에서는 뛰어난 무위도 소용없었다. 오히려 얼마나 강한 전의를 가지고 전투에 임하느냐가 승패의 관건이었다.

'혼전이로구나.'

마교의 교주인 천극염과 일전을 다투는 와중에도 붉은 가면의 일석은 주위로 신경이 분산되어 있었다.

아무리 같은 현경의 고수라고 해도 무공 수위에서 두 단락 이상의 차가 있기에 가능한 일이었다.

마기의 정수가 담긴 절세보검인 천마검이 없었다면 더 빨리 승부가 났을 수도 있었다.

'컥! 저 검이 방해되는군.'

일석의 독문 무공인 혈뇌권(血雷拳)은 혈교 호법 무공 중에서 최강의 위력을 자랑한다.

그러나 그의 최강의 권초가 번번이 천마검과 일체가 된 천극염의 천마검법에 막혀서 치명타를 가할 수가 없었다.

'후우, 천마검, 천 년 전부터 제 주인 못지않게 방해가 되는구나.'

지금의 대결 구도로 간다면 백 초식 이상은 더 장기화될 확률이 높았다.

혈교의 고수 보유량이 월등했기 때문에 아무리 혼전이 되더라도 결국에는 압도적인 승리가 가능할 거라 여겼지만 전혀 아니었다.

오히려 난전이 되면서 어느 쪽이 우세한지 판별하기 힘들었다.

'이렇게 된다면 녀석들을 믿을 수밖에 없겠군.'

가면 틈새로 보이는 일석의 시선은 일정 간격으로 굳게 닫힌 서문을 향해 있었다.

일석은 전쟁이 시작되기 전에 팔신장인 사평 대주와 풍마 대주에게 퇴로를 확보하라고 하였다.

하지만 이것은 단순히 퇴로 확보만을 의미하는 것이 아니었다.

비록 무림맹과 마교의 함정에 빠지긴 했지만 주도면밀한 혈뇌는 혹시나 하는 상황에 대비해서 그들을 지원하는 활로책을 마련했다.

"대체 무엇을 노리는 것이냐?"

격전을 벌이는 와중에 천극염이 날카롭게 지적했다.

싸우는 내내 계속해서 서문을 주시하니 이를 눈치채지 못할 리가 없었다.

굳게 닫혀 있지만 뚫리기만 한다면 혈교에 있어서는 활로나 마찬가지인 서문이다.

"그래도 교주랍시고 멍청이는 아닌가 보구나!"

채채채챙!

일석이 혈뇌권의 강맹한 권초로 천극염을 압박하며 비웃었다.

지금 당장에는 난전이 되어서 서로 비등해 보일지 몰라도 서문의 입구만 열리면 상황은 반전된다.

"흥! 네놈들의 뜻대로 쉽게 될 성싶으냐?"

"그야 두고 보면 알겠지."

천극염의 경고대로 서문 쪽에서는 가장 치열한 격전이 벌어지고 있었다.

서문이 혈교의 활로가 될 수 있다는 것을 정파와 마교 동맹이 모를 리 없었다.

그 앞에 진을 치고 있는 정파와 마교의 고수들이 목숨을 걸고 성문을 사수하기 위해 팔신장 두 명과 그들이 이끄는 부대와 전투를 벌이고 있었다.

"흥!"

하지만 정파와 마교에서도 수위급에 해당하는 고수들은 혈교의 전사들 중에서 가장 위험한 자들인 삼혈로와 팔신장을 상대하고 있어서 서문 쪽은 상당히 취약한 상태였다.

"빌어먹을 땡중!"

퇴법의 달인인 풍마 대주가 번번이 막히는 자신의 퇴법에 신경질을 냈다.

소림사의 십계승 중 한 명인 원오 선사와 무당파의 태극검왕 현심자가 없었다면 이미 성문은 뚫렸을지도 모르는 위태로운 상황이었다.

"언제까지 막을 수 있을 것 같으냐!"

사평 대주는 자신의 절묘한 창술을 막아내는 현심자의 놀라운 검술 실력에 조급해했다.

일석이 명을 내린 지 벌써 반 시진 가까이 지났는데도 성문을 열지 못한 것이다.

'망할 놈들! 퇴로를 막다니!'

굳게 닫힌 서문은 지금 열 수 없는 상태였다.

성문을 열 수 있는 도르래의 줄을 전부 끊어놓아서 이를 연결하려면 다시 줄을 매듭지어야 했는데, 이런 난전 중에 그럴 여유는 없었다.

'그렇다면 힘으로 저걸 뚫어야 하는데.'

성문을 뚫을 수 있는 차선책은 화경의 고수들이 강기를 실어서 한 번에 성문을 베거나 부수는 것 외에는 없었다.

"하압!"

챙!

사평 대주가 펼치는 창강이 맹렬한 기세로 회전하며 성문으로 직격했으나 현심자의 검강이 실린 절초에 허공으로 튕겨 나가 버렸다.

"으아아아아아아!"

어찌나 화가 났는지 사평 대주는 이마에 핏줄까지 서서 소리를 질러댔다.

저 두꺼운 성문을 뚫으려면 적어도 수번의 공세를 가해야 하는데, 눈앞에서 그들을 가로막고 있는 원오 선사와 현심자가 철통 수비로 강기를 막아대는 통에 아직까지 퇴로를 확보하지 못하고 있는 것이다.

"빈도와 원오 선사가 있는 한 그대들은 서쪽 성문을 부술수 없소!"

막중한 임무를 맡고 있다는 생각에 현심자는 다부진 눈빛으로 그들에게 경고했다.

그러나 그들조차 간과한 것이 있었다.

"과연 그럴까?"

"헛?"

의미심장한 목소리와 함께 그들의 머리 위로 누군가가 허공을 스쳐 지나가며 엄청난 기세의 검강을 일으켰다.

그는 팔신장 중의 수장이자 최강의 무력을 자랑하는 혈사 대주였다.

유일하게 팔신장 중에서 현경의 경지에 이른 그는 마땅한 적수를 찾지 못하고 전장을 돌아다니다 퇴로가 확보되지 못한 것을 알아채고 이곳으로 온 것이다.

"괴, 괴물!"

검왕의 칭호를 가진 현심자조차 엄청난 기세의 검강에 경악을 금치 못했다.

이 장 가까이 엄청난 길이로 치솟은 거대한 붉은 검강은 성문을 반으로 가를 기세였다.

"안 돼!"

"어딜 감히! 땡중!"

원오 선사가 소리를 지르며 이를 막으려 했지만 풍마 대주에게 가로막히고 말았다.

어떻게든 서문을 사수하려 하던 정파, 마교 무사들의 얼굴이 절망으로 물들었다.

콰아아아아앙!

길게 치솟은 붉은 검강이 선을 그리며 두꺼운 성문을 갈랐다.

거대한 굉음과 함께 견고하게 버티고 있던 성문이 갈라지면서 앞뒤로 쓰러지고 말았다.

끼이이이익! 콰앙!

거대한 성문이 쓰러지면서 엄청난 먼지가 연기처럼 피어올랐다.

이로써 굳게 막혀 있던 무림맹의 서문이 박살 나면서 혈교의 퇴로가 뚫렸다.

멀리서 천극염과 전투를 벌이던 일석이 이를 발견하고는 흡족한 목소리로 웃어대며 말했다.

"크하하하핫! 드디어 성문이 뚫렸다, 마교의 교주여."

"성문이 뚫렸다고 네놈들이 도망칠 수 있을 것 같으냐!"

"도망? 웃기는군. 네놈들에게 진정한 절망을 심어주려 하는 것이다! 보아라!"

붉은 가면의 일석이 오만하게 웃으며 성문을 가리켰다.

무림맹 내로 모든 혈교의 전력이 들어왔을 거라고 생각했겠지만 그들에게는 비장의 수가 있었다.

그것은 바로 백 구의 혈강시와 삼천 구의 귀강시였다.

몇 십 년 동안이나 혈교에서 제작하고 모아온 강시의 개체 수는 이만 구에 가까웠다.

이번 전쟁이 무림 절멸의 근석이 될 것을 알기에 사파 연맹뿐만이 아니라 이곳에도 모든 개체를 동원한 것이다.

쿵쿵쿵쿵!

부서진 성문 위의 뿌연 연기 사이로 무언가가 미칠 듯이 뛰어오는 소리가 들렸다.

사람이 아닌 거대한 무언가가 달려오는 소리였다.

서문 내에 있는 모든 무림인의 얼굴에 긴장감이 서렸다.

하지만.

쿵쿵쿵!

"엇?"

연기를 통과해서 달려온 것은 피부색이 피처럼 붉은 거구의 강시였는데, 놀랍게도 그것의 머리는 어디로 사라졌는지 잘려 있었다.

그런데 머리도 없이 이리저리 날뛰는 거구의 혈강시를 누군가 연기 속에서 튀어나와 단숨에 반으로 갈랐다.

촥!

"말도 안 돼!"

"혀, 혈강시를 가르다니?"

금강불괴라고 불리는 혈강시를 일검에 베어내자 혈교인들의 입에서 경악성이 튀어나왔다.

그런 혈강시를 너무도 손쉽게 베어낸 사내가 대수롭지 않다는 듯이 이죽거리는 목소리로 말했다.

"대갈통을 베었는데도 잘도 날뛰어 사람 귀찮게 하는구만."

수장인 사혈 대주를 비롯해 팔신장, 백팔 대주들의 눈빛이 일순간에 바뀌었다.

그들이 그토록 기다리던 두려움과 증오의 대상이 드디어 모습을 드러낸 것이다.

"천… 마!!"

마도의 종주이자 천마신교의 조사 천마가 드디어 참전했다.

72장

혈교의 패배

불과 반 시진 전.

이번 무림 멸절의 사령관을 맡은 삼혈로의 수장인 일석은 혈뇌의 비장의 수라 할 수 있는 강시들을 서문 근방의 숲에 대기하게 하였다.

계획대로라면 무림맹과 마교가 상충하면서 양패구상하게 된다.

그 잔당들을 소탕하는 과정에서 혈교 측의 전력 감소는 거의 없을 거라 판단했기에 무리해서 강시들을 투입할 필요가 없었다.

귀강시까지는 정밀한 통제가 가능했지만 혈강시 같은 경우는 한번 투입해서 지정 목표를 제거하고 나면 통제할 수 없기에 금제를 발동시켜 폐기시켜야 한다.

이런 이유 때문에 혈강시 백 구를 투입하는 것은 신중을 기해야만 했다.

그러나 그들이 예상한 것과 다른 사태가 발생했다.

쾅!

혈교의 전력이 성 내로 전부 진입하자마자 기다렸다는 듯이 성문이 닫혀 버렸다.

근방 숲 속에서 이를 지켜보고 있던, 강시들의 통제를 맡은 일석의 부관인 금빛 혁대의 복면인은 당혹감을 감추지 못했다.

"대체 이게 무슨 일이야?"

성문이 닫히면 퇴로가 막혀 버린다.

아무리 경공에 능한 무림인들이라고 해도 열린 퇴로로 후퇴하는 것이 더욱 후방을 방어하는 데 안전하다.

성문을 뛰어넘는 도중에 공격을 취하면 꼼짝없이 당하게 되기 때문이다.

"뭔가 문제가 생겼구나."

부관은 필시 무언가 잘못되었음을 직감했다.

경공을 펼쳐 성 내를 제대로 살피고 싶어도 곳곳에서 피어오르는 연기 때문에 소용없었다.

"어쩔 수 없구나. 혈뇌 님의 명대로 하는 수밖에."

혈뇌는 출진에 앞서서 일석과 부관인 그에게 당부했다.

완벽한 전략에도 만에 하나 변수가 발생할 수도 있기에 혹시나 그런 문제가 발생할 경우 강시들을 투입하여 적의 전력을 분산시키라는 것이었다.

"귀강시들을 성문 앞으로 진군시키고 혈관(血棺)을 옮겨라!"

명령이 가능한 귀강시들은 제 발로 옮기면 되지만 혈강시는 일회용이나 마찬가지라 당장 여기서 꺼내면 혼란만 가중된다.

쇄아! 댕댕!

핏기가 없는 파란 피부에 귀기(鬼氣)를 풍기는 강시들은 무림인의 시신으로 만들어진 귀강시였다.

혼명향과 함께 혈교에서 만든 음명종(音命鐘)을 울리면 일반 강시들과 마찬가지로 세밀한 조정이 가능하게 되었다.

삼천 구의 귀강시가 오열을 맞춰서 성문 앞으로 진군했다.

무림맹의 성벽 위에는 어떠한 병력도 없었기 때문에 이 같은 사실을 알 수 없었지만, 만약 소름 돋는 귀강시들을 발견했다면 혼란에 빠졌을 것이다.

'높고 두껍군.'

여느 성보다도 높은 성벽에 두꺼운 성문은 기공이 높은 무림인이더라도 쉽게 뚫을 수 있을 것 같지 않았다.

적어도 화경에 이른 고수가 강기로 수차례 난도질해야 가능할 것 같았다.

그래도 일석이라면 분명 혈뇌의 명을 이행하고 퇴로를 확보하기 위해 성문을 강제로 열 것이다.

"히야, 참 많이도 모았구먼."

삼천 구에 달하는 귀강시가 성문 앞에 진을 치고 있는 것을 보며 누군가 감탄사를 흘렸다.

성문을 뚫어지게 바라보고 있던 부관이 놀란 나머지 옆을 쳐다보았다.

"헛?"

언제 다가왔는지 흑색 장포를 걸치고 있는 사내가 옆에 있었다.

혈관을 들고 온 수백 명의 복면인들도 그제야 그 존재를 알아채고 당혹감을 감추지 못했다.

챙!

부관이 놀라서 검을 뽑아 들고 그를 겨냥하며 소리쳤다.

"뭐, 뭐냐, 네놈은?"

"누구긴 누구야. 네놈들을 천 년 전에 박살 낸 자지."

"뭐?"

누가 겁도 없이 적의 진영 한복판에 나타나서 이런 오만한 말을 내뱉는단 말인가.

부관의 복면 위로 드러난 붉은 동공이 심하게 흔들렸다.

그의 영혼 깊이 잠재되어 있는 두려움과 경각심이 자신의 옆에 서 있는 남자가 누구인지를 말해주고 있었다.

"서, 설마 천마?"

촥!

부관의 말이 끝남과 동시에 천마의 손끝이 선을 그렸다.

"컥!"

단말마의 비명과 함께 부관의 목이 갈라지며 머리가 바닥으로 힘없이 떨어졌다.

일석의 부관은 초절정의 경지에 이른 고수였지만 천마의 단일 수에 목숨을 잃고 말았다.

"정답."

콰득!

천마가 이죽거리며 바닥에 떨어진 부관의 머리를 밟아 으깨 버렸다.

갑작스러운 그의 등장에 당황한 것도 잠시였다. 잔인한 천마의 행동에 이를 지켜본 복면인들은 분노를 금치 못했다.

그러는 한편으로 천마가 왜 이곳에 있는 것인지 이해가 되지 않았다.

'어째서 천마가 여기에 있는 거지?'

그것보다도 만약 저자가 정말로 마교의 조사인 천마라면 여기서 반드시 제거해야만 했다.

천마는 혈교에 있어서 최악의 적이자 원수였다.

"천마, 네놈이 아무리 강하다고 해도 이 많은 강시를 상대로 살아남을 수 있을 것 같으냐?!"

분개한 복면인의 외침에 천마가 혀를 차면서 말했다.

"쯧, 네놈들을 상대로 내가 꼭 그래야 할 이유가 있나?"

"뭐?"

이미 마교의 전 전력이 무림맹의 성 내에서 혈교의 전사들과 전쟁을 벌이고 있을 텐데 혼자서 성문 앞에 나타난 그가 무슨 배짱으로 저런 근거 없는 허세를 보이는지 이해할 수 없었다.

바로 그때였다.

크르르르!

혼명향으로 통제되어 있는 귀강시들이 짐승 같은 울음소리를 내며 경계심이 담긴 눈빛으로 어딘가를 바라보았다.

"뭐지?"

귀강시들의 알 수 없는 반응에 복면인들도 자연스레 그쪽으로 시선이 갔다.

성의 북쪽에서 천 명에 이르는 새하얀 털옷에 무장을 한 남녀 무사들이 등장한 것이다.

그것이 끝이 아니었다.

성의 남쪽에서 두 명의 사내가 걸어오고 있었다.

한 명은 등에 커다란 철갑을 메고 있는 죽립인이었고, 한 사람은 보랏빛 정복에 사장을 짚고 있는 오만한 표정의 노인이었다.

"서, 설마?"

혈교의 무사들이 무림의 주요 인물들에 대한 인상착의를 모를 리가 없었다.

"저 철갑은 동검귀?"

"아니, 저자는 서독황이 아닌가?"

무림에서 최고의 고수라고 손꼽는 다섯 무자인 오황 중의 두 명이 나타난 것이다.

마교와 손을 잡았다는 소문이 파다하게 나 있었는데, 전장에 있는 것이 아니라 천마와 함께 성 밖에서 대기하고 있을 줄은 몰랐다.

"그렇다면 저들은?"

북쪽에서 내려오는 새하얀 털옷을 입은 무사들의 선두에서 걸어오는 은발의 중년 여성이 있었다.

그녀는 걸을 때마다 바닥에 새하얀 서리가 내릴 만큼 강한 한기를 내뿜고 있었다.

이것은 세외삼대신공이라 불리는 설한신공을 극성으로 익

혀야만 가능한 신기였다.

은발의 중년 여성은 바로 북해빙궁, 아니, 단가의 대종사인 단가려였다.

"이럴 수가! 북해빙궁에다가 동검귀, 서독황… 그리고 천마!"

혈교의 복면인들은 이제야 사태가 얼마나 심각하게 돌아가는지 파악했다.

천마는 당혹스러워하는 그들을 바라보며 비아냥거렸다.

"네놈들이 뒤에서 또 다른 수작을 부릴 거라는 것을 내가 눈치채지 못할 거라 생각했냐? 멍청하긴."

이것은 악마의 뇌라 불리는 혈뇌조차도 예상하지 못한 일이었다.

사파 연맹의 배후에 있는 무명, 아니, 만박자가 만들어낸 조호리산의 계책은 전 중원에 있는 삼대 세력을 하남성으로 집결하게 만들었다.

원래의 목적과 다르게 혈뇌는 조호리산 계책의 허점을 파악해서 오히려 사파 연맹을 타파하고 무림맹과 마교를 상충시켜 어부지리를 취할 수 있도록 계책을 짰다.

전 중원에 모든 정보망을 가지고 있는 혈교였기 때문에 이 거대한 전쟁의 판에 영향을 줄 수 있는 것은 더 이상 없다고 판단했으나 그것은 오산이었다.

혈뇌가 죽은 이후로도 계속해서 무림을 활보해 온 천마의 사고가 옛날과 같을 리 없었다.

혈뇌는 약화된 마교를 보호하고 전쟁에 승리하기 위해 천마가 무림맹과의 전투에 참전할 거라 여겼다. 하지만 천마는 오히려 무림맹과 암중에 협약을 맺고 혈뇌가 준비해 놓은 숨겨진 패가 드러날 때까지 기다리고 있던 것이다.

"무림맹과 마교를 미끼로 썼단 말인가?"

혈뇌마저도 혀를 내두를 만큼 대담한 계책이라고 할 수 있었다.

덕분에 반대의 상황이 되어버렸다.

성 내의 전황이 유리해지기 위해서는 오히려 성 밖에 있는 천마와 저들을 없애야 했다.

"북해빙궁까지 동원하다니! 크윽! 어쩔 수가 없구나!"

복면인들 중 선임이 전음으로 지시하자 혈관 앞에서 대기하고 있던 그들이 관 뚜껑을 열고 혈강시의 머리에 박혀 있는 은으로 만든 장침을 빼냈다.

"크와아아아아아!"

장침을 빼내자 죽은 듯이 누워 있던 혈강시들이 눈을 부릅뜨고 짐승처럼 울부짖었다.

한 구만으로도 화경의 고수조차 쉽게 상대할 수 없던 혈강시가 백 구나 모습을 드러내자 사방에 퍼지는 귀기와 죽음의 기운이 공기를 무겁게 짓눌렀다.

"크르르르르르!"

"산개해라!"

타타탁!

침을 빼는 것과 동시에 복면인들이 사방으로 흩어졌다.

혈강시의 경우 눈에 보이는 모든 것을 공격하려 들기 때문에 아무리 침을 통해 명을 내려도 가까이에 있으면 위험했다.

"저게 강시인가?"

북해의 단가 일족 얼굴에 긴장감이 서렸다.

아무리 혈교에 대한 분노를 불태우는 그들이라고 해도 미지의 공포를 완전히 이겨내는 것은 불가능했다.

그때 단가려의 귀에 천마의 전음성이 울렸다.

[들리나?]

[주군!]

[저 피부가 붉은 거구의 강시들은 나와 오황이 상대할 테니 너희들은 파란 피부의 강시들과 복면인들을 없애라.]

[알겠습니다!]

천마의 명을 받은 단가려가 목소리를 높여 명을 내렸다.

"드디어 그때의 한을 풀 때가 되었다! 우리의 상대는 저 파란 피부의 강시들이다! 단가의 무사들이여, 진격하라!"

"와아아아아아!"

천 명이나 되는 단가의 무사들이 함성을 지르며 진격해 오
자 복면인들이 종을 울려서 귀강시들을 진격시켰다.

"아무리 북해빙궁이라고 해도 네놈들도 어차피 인간이다!"

선임 복면인이 단가의 무사들을 비웃었다.

수적으로 훨씬 우세한 데다 귀강시들은 혈강시만큼은 아니
었으나 단단한 신체와 강한 잠력을 갖고 있어서 무공을 익힌
무인들조차 쉽게 상대할 수 없었다.

그러나 복면인들이 예상하지 못한 일이 일어났다.

콰직! 쟁그랑!

"아니?"

단가의 무사들과 부딪친 귀강시들은 예상과 달리 고전할
수밖에 없었다.

그것은 단가 무공의 근간이 되는 설한신공 때문이었다.

강시들은 특성상 뛰어난 재생력을 가지고 있어 팔다리가
잘려도 움직일 수 있는 장점을 가졌는데, 설한신공의 한기가
담긴 검에 베이자 상처 부위가 얼고 만 것이다.

"이, 이럴 수가?"

"강시들을 얼리다니?"

베인 상처로 한기가 타고 올라 육신이 얼어버리니 귀강시라
한들 별 도리가 없었다.

처음 접하는 강시들을 두려워하여 일부 당하는 무사들도

보였으나, 전체적으로 단가의 무사들이 우세했다.

그야말로 단가의 무사들은 강시와 천적이라 할 수 있었다.

콰앙!

땅을 울리는 굉음에 놀란 복면인들의 시선이 자연스레 그곳으로 향했다.

깊게 파인 땅 위로 보랏빛 독기가 서린 연기가 피어올랐다.

놀랍게도 혈강시 한 구가 독기에 신체의 반이 녹아내려 비틀대다가 이내 쓰러졌다.

"클클클! 그때 산장에 쳐들어온 그 장난감들과 다를 바가 없구나!"

이 같은 놀라운 신위를 보여준 것은 바로 서독황 구양경이었다.

그의 사장에 맺힌 독강은 독에 있어서 최고의 경지에 이른 자만이 가능한 신기였다.

"혀, 혈강시를 독으로 녹이다니?"

복면인들의 눈이 경악으로 물들었다.

아무리 현경의 오른 절대 무자라고 해도 금강불괴의 육신을 가진 혈강시를 이렇게 쉽게 죽일 수 있단 말인가.

그뿐만이 아니었다.

촤촤촤촤촤촤!

현철로 만들어진 철갑이 갈라지며 튀어나온 열두 개의 보검이 하늘을 수놓더니 짐승처럼 날뛰는 혈강시들의 틈을 날 아다니며 그들을 유린하기 시작했다.

'저들이 정녕 사람이란 말인가?'

인간의 육신으로 행할 수 있는 무공의 극치를 보여주고 있 었다.

오황이란 위명은 쉽게 얻을 수 있는 것이 아니었다.

현 무림의 정점이라 불리는 그들조차 혈강시를 쉽게 상대하 고 있다면 천 년 전의 전설이라 불리는 천마는 어떨까?

촤아악!

경쾌하게 베는 소리가 울려 퍼졌다.

"허억!"

"마, 말도 안 돼!"

복면인들의 동공이 흔들리다 못해 얼굴이 사색이 되었다.

천마 역시도 어느새 혈강시들의 한복판으로 뛰어들어 그들 을 상대하고 있었는데, 거의 학살 수준에 가까울 만큼 혈강시 들을 베고 있었다.

"어떻게 혈강시들을 저리 손쉽게 벤단 말인가?"

천마의 현천강기는 금강불괴라 불리는 혈강시의 육신을 너 무도 쉽게 베어냈고, 그들을 움직이는 사기(死氣)마저 흩어지 게 하여 재생을 못하게 만들었다.

복면인들은 본능적으로 직감했다.

어쩌면 이 전쟁에서 또다시 혈교가 패배할지도 모른다고.

천 년 전 전쟁에서의 패배.

부활한 혈교는 과거를 답습하지 않기 위해 철저하게 실패에 대한 분석에 들어간다.

혈교는 패배의 요인을 세 가지로 정리했다.

첫 번째 요인은 군사인 혈뇌의 부재이다.

우위를 점한 혈교가 혈뇌의 부재 이후 패배의 길을 걸었으니 부정할 수 없는 사실이었다.

그러나 이 같은 요인을 극복하기 위해 완전한 혈뇌의 부활은 혈교에 있어서도 상당히 모험에 가까운 일이었다.

그렇기 때문에 혈뇌의 지략만을 얻어내기 위해 혈마가 자신의 육신에 혈뇌의 영혼을 받아들이는 모험을 하게 된 것이다.

두 번째 요인은 단일 적으로서의 노출이었다.

혈교의 무림 말살 계획은 전 무림, 즉 그 뜻을 달리하는 정, 사, 마의 힘을 하나로 만들었다.

아무리 단일 세력으로 최강의 힘을 구사하던 혈교라 할지라도 하나가 된 전 무림의 저력을 감당하기는 힘들었다.

이를 위해서 혈교는 천 년 전을 답습하지 않기 위해 무림을 내부에서부터 곪아 터지게 만들고, 무림의 최약체가 될 때까지 그 존재를 숨기는 전법을 선택하게 된 것이다.

하지만 이 전법에 두 가지 변수가 작용하고 말았다.

그것은 구 무림에서 위명을 떨치던 고수들을 손에 넣어 전력으로 삼고자 하는 것이었는데, 여기서 그들의 뜻에 반하는 자들이 나타나고 말았다.

그 대표적인 예가 바로 만박자였다.

물론 이러한 경우는 그들이 애초부터 알고 있었기에 어느 정도 대응이 가능했지만, 혈교조차도 전혀 예상하지 못한 최악의 변수는 바로 천마였다.

마지막 세 번째 요인은 전력의 강화였다.

단지 혈뇌가 부재한 것만으로 혈교가 멸망으로 이어졌다는 것은 혈교의 힘이 전 무림을 상대할 만큼 압도적이지 않다는 분석으로 이어졌다.

혈교는 무림 말살을 위해서 압도적인 전력과 그 역량이 필요하다는 것을 전제로 기존에 가지고 있던 힘을 더욱 강화시키는 데 주력했다.

그 결과 중의 하나가 바로 강시였다.

강시(僵尸).

그것은 바로 서다는 의미와 시신을 뜻하는 '시'가 합쳐져서 생긴 말이다.

죽은 시체가 일어났다는 데서 유래한 말로 혈교의 뛰어난 술사들이 자연적으로 생겨난 강시들을 실험해서 귀강시를 만들어냈다.

당시에는 무림인의 시신을 구하는 데 어려움이 많았지만, 부활한 후로 절곡을 비롯해 무림 내의 전쟁을 유도하자 귀강시의 재료가 될 무림인의 시신을 쉽게 구할 수 있었다.

하지만 혈교는 여기에서 멈추지 않았다. 그들의 궁극적인 목적은 화경 이상의 경지에 오른, 절대 경지에 오른 무인들을 상대할 수 있는 강시를 만들어내는 것이었다.

그렇게 탄생한 것이 바로 금강불괴의 육신을 가진 혈강시였다.

혈강시는 적어도 화경의 고수 세 명이 붙어야 상대할 수 있을 만큼 강한 잠력과 뛰어난 재생력, 그리고 도검에도 베어지지 않는 육신을 가졌다.

혈교는 내부에서부터 약화된 무림에 강시를 풀어서 혼란을 야기하고 그들을 없애려고 했다.

그러나 결과는 그리 녹록하지 않았다.

촤르르르륵!

독의 화신이라 불리는 서독황 구양경의 독강은 금강불괴라고 불리는 혈강시의 육신마저 녹일 만큼 그 독기가 극에 달해 있었다.

구양경이 사장을 휘두를 때마다 혈강시들이 속수무책으로 독강에 녹아 내렸다.

"이, 이게 말이 되는 일인가?"

눈으로 보고도 믿기지 않는 광경에 복면인들의 당혹감은 커져갔다.

사실 이 같은 일은 예정되어 있던 일일 수도 있었다.

원래 혈뇌를 부활시키기 전에는 강화된 강시들을 주력으로 삼으려고 한 혈교였지만, 그가 부활한 후로는 그 계획이 전면 수정되었기 때문이다.

'강시들은 자아가 없기 때문에 단순한 공격밖에 할 수 없다. 무공을 펼칠 수 있고 자아를 가진 강시를 만들지 않고는 주력으로 삼을 이유가 없다.'

혈뇌의 예견은 단순히 의견으로 끝나지 않고 현실이 되어버렸다.

아무리 강한 혈강시라고는 하나 그 움직임이 단순했기에 오황과도 같은 고수들에게는 손쉬운 먹잇감에 불과했다.

물론 그렇다고 해도 강기가 극대화된 공격이 아니면 혈강시의 육신에 상처를 낼 수 없기에 적어도 화경의 극에 이른 고수가 아니면 상대할 수 없었다.

촤촤촤촤촤악!

동검귀 성진경이 검지를 움직일 때마다 열두 개의 보검이 허공을 날아다니며 혈강시들을 공격했다.

"저게 이기어검이라고?"

복면인들 중에서도 검을 다루는 이석을 통해서 이기어검을 본 적이 있는 자들도 있었다.

그러나 성진경의 이기어검은 여타의 것들과는 차원이 달랐다.

원래 성진경이 상해에서 천마를 만났을 때만 하더라도 십방검법이 극에 이르지 못해 열두 보검에 동시에 강기를 실어서 정밀한 초식을 펼치는 것이 불가능했다.

하지만 현경의 극에 이르면서 열두 보검을 전부 사용해 곡산검공의 묘리를 담을 수 있게 되었다.

"정말 괴물이구나."

혈교의 복면인들은 당혹감을 감추지 못하면서도 크게 감탄했다.

현 무림의 정점이라 불리는 두 명의 오황이 보여주는 무공은 그야말로 절예의 극치였다.

이대로라면 얼마 있지 않아 혈강시들이 전부 죽을 것이다.

그러던 찰나였다.

혈강시들을 베어나가던 천마의 눈빛이 가늘어지며 성문 쪽으로 향했다.

'강한 기운이 느껴진다.'

그 순간.

콰아아아앙!

엄청난 굉음과 함께 성문이 두 토막으로 갈라졌다.

갈라진 성문은 힘없이 성 안과 바깥으로 기울이지며 바닥으로 쓰러졌다.

조금 더 버틸 거라고 생각했는데 예상과 다르게 빨리 열려 버린 성문에 천마의 눈썹이 치켜 올라갔다.

"크와아아아아아!"

성문이 열리면서 그 내부에서 벌어지는 격한 소리가 성 밖으로 울려 퍼졌다.

이에 감응한 혈강시들의 일부가 짐승처럼 울부짖으며 성 내로 진입하기 위해 미친 듯이 내달리기 시작했다.

"칫!"

천마가 짜증스러운 얼굴로 경공을 펼쳐 혈강시들을 앞서갔다.

혈강시 한 구라도 성 내에 진입하게 되면 벌어질 여파는 상상을 초월하기 때문이다.

"성 내로 보내줄 것 같으냐!"

"크와아아아아!"

천마가 엄청난 기세를 발산하며 성문 앞을 가로막았음에도 불구하고 혈강시들은 겁을 먹지 않고 포효를 내지르며 달려들었다.

"하여간 강시들이란! 하압!"

천마가 현천검을 휘두르며 달려드는 혈강시들을 베었다.

허리를 베거나 머리에서부터 양단시켜 몸을 둘로 나누어 버리니 혈강시들은 천마를 넘어서지 못하고 성문 앞에서 쓰러져 갔다.

그러나 동시에 세 구의 혈강시가 달려들면서 빈틈이 생겨나고 말았다.

"걸어 다니는 시체 주제에 잔머리는!"

천마는 공력과 마기를 더욱 끌어 올려 현천강기를 일 장 가까이 치솟게 만들어 현천검을 횡으로 그으며 단번에 세 구의 혈강시를 베었다.

좌아아아악!

놀라운 일검이라 할 수 있었다.

우측에 있던 혈강시의 목이 베였고, 가운데는 몸통이 사선으로, 그리고 마지막 강시는 다리가 베이면서 바닥에 쓰러졌다.

그런데 여기서 천마도 예상하지 못한 일이 일어났다.

몸통부터 다리가 베인 혈강시들은 그대로 쓰러져서 움직이지 못했으나 머리만 베인 혈강시의 몸통이 쓰러지지 않고 정면으로 달려간 것이다.

쿵쿵쿵쿵!

천마가 미처 막기도 전에 성문이 쓰러지면서 피어오르는 먼지 사이로 뛰어들어 가버렸다.

본의 아니게 한 구를 놓친 천마가 짜증 나는지 혀를 찼다.

"쯧, 별수 없군."

성 외부에 있는 강시들을 전부 처리하면 성 내로 들어가려 한 천마였다.

하지만 두 오황과 단가의 무사들이 남은 강시들을 상대하는 것을 보니 굳이 그가 없어도 무리 없이 처리할 수 있을 것 같았다.

슉!

그렇게 생각한 천마는 혈강시를 따라서 성 내로 진입했다.

먼지를 통과하자 목이 잘린 혈강시가 무림맹의 무사들을 향해 이리저리 날뛰면서 달려드는 모습이 눈에 띄었다.

천마는 망설임 없이 그 위로 뛰어올라 혈강시의 몸을 반으로 갈랐다.

"대갈통을 베었는데도 잘도 날뛰어 사람 귀찮게 하는구만."

이죽거리는 목소리로 천마가 현천검에 베인 혈강시의 피를 바닥에 튕겨냈다.

당연히 강시들이 성 내로 진입할 거라 여겼는데, 뜬금없이 나타난 천마에 혈교의 전사들의 눈빛에 당혹감이 서렸다.

"천… 마!"

분노를 넘어서 살의가 넘치는 목소리에 천마의 시선이 그자에게로 향했다.

그는 팔신장의 수장이자 백팔 대주의 정점이라 할 수 있는 사혈 대주였다.

사혈 대주에게서 풍겨지는 기운만으로 천마는 그가 화경을 넘어 현경에 이른 무위를 지녔음을 알아차렸다.

"성문을 뚫은 게 네놈이었나? 제법이군."

천 년 만에 부활한 혈교의 백팔 대주들은 원래의 육신이 아니었기에 천마가 그들을 일일이 알아볼 수 있을 리가 만무했다.

하지만 사혈 대주는 천 년 전 팔신장들과의 합공으로 천마를 상대한 적이 있었다.

'이 위압감, 역시 천마가 틀림없구나.'

전신에서 풍겨져 나오는 소름 돋는 마기.

천마검을 들고 있는 천극염에게서도 느낄 수 없는 위압감을 보이며 좌중을 사로잡고 있었다.

"와아아아아아아아아!"

천마의 등장은 좌중을 무겁게만 만든 것이 아니었다.

마교의 전신이라 할 수 있는 조사 천마의 등장에 목숨을 걸고 성문을 사수하고 있던 마교의 교인들이 사기가 올라서 함성을 내질렀다.

'저자가 대체 누구기에 마교인들의 사기가 이렇게까지 오른 거지?'

천마의 존재를 모르는 무림맹의 무사들만 어리둥절할 뿐이다.

"천마아아아아아아!!"

두려움만큼이나 강한 분노를 가지고 있던 풍마 대주가 고함을 내질렀다.

단순한 고함에 불과했지만 이것이 미치는 영향은 컸다.

"천마?"

"천마라니?"

웅성웅성!

성문 근처에 있던 무림맹 무사들이 혼란스러워했다.

중원무림인들 중에서 천마의 위명을 모르는 이가 누가 있겠는가.

마도의 종주이자 마교의 창시자, 그리고 무림사를 통틀어 최강의 무인이라 불린 전설적인 그였다.

'천마라니? 노도가 알고 있는 그자를 말하는 것인가?'

팔신장의 사평 대주와 겨루고 있던 무당의 태극검왕 현심자의 평정심이 흔들렸다.

성문 주변에 있는 무림맹의 무사들에게도 혼란을 주는 그 위명의 위력에도 불구하고 정작 천마 본인의 태도는 태평스러웠다.

천마는 새끼손가락으로 귓구멍을 후비면서 비아냥거리는 목소리로 말했다.

"거참, 귀청 떨어지겠네. 내 이름을 부른다고 뭐가 달라지나?"

으득!

이에 더욱 분개한 풍마 대주가 입술을 깨물며 물었다.

"밖에 있는 강시들을 어떻게 한 거지?"

"보면 모르나?"

천마가 자신의 발밑에 반 토막이 되어 쓰러져 있는 혈강시를 가리켰다.

이에 세 팔신장의 눈빛에 당혹감이 서렸다.

'그 많은 혈강시와 귀강시들을 없앴다고?'

천마가 일 검에 혈강시를 베는 광경을 보지 못했다면 절대로 믿을 수 없을 것이다.

물론 바깥에서 여전히 오황들과 단가의 무사들이 강시들을 처리하고 있었지만 이를 친절하게 알려줄 이유는 없었다.

'퇴로를 확보하는 것만이 답인가?'

숨겨둔 혈강시와 귀강시가 전부 소멸되었다면 문 개방은 더이상 혈교의 비장의 수가 아니게 되어버렸다.

이 전쟁에 저 괴물 같은 천마마저 참전한 이상, 결코 혈교에게 유리한 싸움이 아니게 되었다.

그렇다면 만약의 사태를 대비해 퇴로를 확보하는 것만이 유일한 답일지도 몰랐다.

하지만 그런 생각을 알아차리기라도 한 듯 천마가 입을 열었다.

"경고하지."

촤아아아아아악!

천마가 검지로 검기를 일으켜 성문 앞에 길게 선을 그어 검흔을 남겼다.

의아한 눈빛으로 선을 바라보는 혈교인들을 향해 천마가 선포했다.

"이 선을 넘으면 죽는다!"

와아아아아아아!

사기가 넘치는 함성 소리가 서문 쪽에서 들려왔다.

양대 세력이 치열한 접전을 벌이는 도중에 함성이 터져 나온다는 것은 그만큼의 반전이 생겨났다는 것을 의미했다.

성문을 손으로 가리키고 있던 붉은 가면 일석의 웃음소리가 사라졌다.

분명 성문이 열리는 순간 수천에 이르는 귀강시와 혈강시가 들어와 무림맹과 마교의 무사들을 유린해야 했다.

한데 비명이 들려야 할 순간에 함성이 들리니 당혹스러울 수밖에 없었다.

이에 오히려 천극염이 의기양양해진 표정으로 말했다.

"진정한 절망이 어쨌다고?"

으득!

붉은 가면의 일석이 가면 속에서 입술을 깨물며 성문을 노려보았다.

대체 밖에서 무슨 일이 일어났기에 강시들이 나타나지 않은 것인지 이해할 수 없었다.

쏴아아아아!

그 순간 그의 오감을 자극하는 심연과도 같은 어둠이 느껴졌다.

눈앞에 서 있는 마교의 교주인 천극염조차도 하찮게 느껴질 만큼 엄청난 마기였다.

천 년이 지났지만 이 마기를 잊을 리가 없었다.

"천… 마!"

일석의 가슴속에서 모순적인 감정이 동시에 피어올랐다.

그의 기운을 느끼고 떠올린 것만으로 공포와 두려움, 그리고 뼛속까지 새겨진 분노가 차올랐다.

'성 내에 모습을 보이지 않던 것이 이런 이유에서였나.'

무림맹의 성 안으로 진격해 온 일석을 비롯해 삼혈로, 백팔 대주들이 눈에 불을 켜고 천마의 존재를 찾았으나 그는 보이지 않았다.

설마 성 밖에서 나타날 거라고는 상상도 하지 못했다.

'혈뇌의 계략을 꿰뚫었단 말인가?'

혈뇌의 이번 계략은 완벽하다고 할 수 있을 만큼 허점이 보이지 않았기에 삼혈로를 비롯한 혈교 간부들의 동의를 받았다.

한데 천마가 그것을 꿰뚫어 보았다면 정말 소름이 돋을 수밖에 없었다.

악마의 뇌라 불리는 혈뇌 덕분에 수많은 위기에 처한 천마였기에 그의 계략을 전폭적으로 신뢰하는 혈교였다.

흠칫!

짧은 찰나, 일석의 목으로 천극염의 검이 스쳐 지나갔다.

혼란에 빠져서 잠시 멈춘 그 틈을 노린 것이다.

하지만 아무리 혼란에 빠졌다고 한들 무위에서 두 단락 이상의 차이가 났기 때문에 쉽게 그의 목을 벨 수는 없었다.

"감히?"

그래도 일석의 심기를 건드리는 데는 성공했다.

노기가 차서 살기를 풀풀 풍기는 일석을 향해 천극염이 검 끝을 겨누며 경고했다.

"조사 어른보다 본좌의 검을 걱정해야 할 것이다!"

"후우, 네놈의 수급을 가지고 천마 놈에게 선물한다면 참으로 좋아하겠구나."

"누가 할 소리인지 봐볼까!"

천극염의 신형이 번개처럼 튀어올라 일석을 향해 패도적인 검초를 펼쳤다.

같은 시각.

성 내에서 가장 격하게 전투가 벌어지는 곳이 있었다.

수많은 인파가 몰려서 접전이 벌어지고 있는 성 내의 상황과 달리 유일하게 혈교의 전사들을 비롯해 무림맹, 마교의 무사 그 누구도 반경에 들어올 수 없는 싸움이었다.

엄밀히 얘기해 자칫 잘못하면 싸움의 여파에 휘말려 죽을 수도 있기에 접근할 수가 없었다.

촤촤촤악! 쩌저저적!

날아가는 검초에 실린 검세마저 얼릴 만큼 강한 한기가 사방으로 몰아쳤다.

초토화된 주변이 온통 얼어붙어서 한기의 흔적들로 가득했다.

'이토록 한기와 음기가 가득한 무공은 처음이구나.'

검황의 안색이 싸우는 내내 어두웠다.

무림 내의 존재하는 독특한 무공들과 손을 섞어본 적이 있지만 이런 괴이한 무공은 처음이었다.

채채채챙!

하얀 가면의 삼석의 섬섬옥수와도 같은 손은 투명하면서도 붉은 수정과도 같았는데, 차가운 한기와 혈마기가 공존해서 보검과도 같았다.

맨손으로 창천검의 날카로운 예기와 부딪치는 데도 상처 하나 입지 않았다.

소수마공이 바탕이 되어 혈마가 완성시킨 혈옥수는 극성에 이르면 만년한철과도 같은 단단함을 가지게 된다.

"검선의 후예라더니 별것 없구나! 호호호호호!"

표독스럽게 웃는 그녀였지만 내심 완성한 혈옥수의 위력에 흡족해하고 있었다.

천 년 전에도 그렇고 삼석은 근래까지도 혈옥수를 완성시키지 못했다.

극성의 혈옥수를 완성하기 위해서는 천음지체의 육신처럼 양기가 없는 음기만을 지녀야 했는데, 일반 사람들은 체내에 음양의 기운이 균형을 이뤘기 때문이다.

'진즉에 육신을 갈아탔다면 더 좋을 뻔했구나.'

선천적으로 최강의 음기를 가지는 천음지체는 아니었지만, 지금 그녀의 육신은 후천적인 내공 단련으로 극성의 음기를 가지게 되었다.

더욱 좋은 점은 현재의 육신은 생전에 한기를 쓰는 무공의 최고 경지에 오른 몸이었기에 완성된 혈옥수에 한기마저 실을 수 있게 되었다는 것이다.

그야말로 전화위복이라 할 수 있었다.

'지금의 본녀라면 이석뿐만 아니라 일석도 상대가 되지 않을 것이다!'

혈옥수를 완성하면서 극도의 자신감을 가지게 된 삼석이다.

그녀의 악랄한 혈옥수의 초식들이 연달아 검황의 요혈을 집요하게 노렸다.

"죽어랏!"

채채채채챙!

백전노장답게 검황은 절묘한 검초로 혈옥수를 막았지만 그녀의 차가운 한기가 움직임을 방해했다.

검황의 검이 닿기도 전에 차가운 한기의 막이 그녀의 신경이라도 되는 것처럼 검의 움직임을 알려주고 있었다.

'이 소저의 사악한 마공은 정말 성가시군.'

검초에 강기를 실어서 한기를 몰아냈지만 사악한 혈마기도 문제였다.

한 사람이 동시에 이런 음한 속성의 기를 가질 수 있을까 하는 의문이 들었지만 상대하기 껄끄러운 것만은 확실했다.

'저 사악한 기운을 몰아내야 한다.'

그녀와 대결을 벌이는 도중에 혈옥수에 살짝 스쳤는데 사악한 혈마기가 상처 부위를 타고 흘러들어 검황의 정기를 흐트러지게 만들었다.

선천공을 통해 정순한 선기를 단련하지 않았다면 혈마기에 대응하지 못했을지도 모른다.

'선천공 팔층 경지를 펼치기에는……'

검황이 곁눈질로 주위를 둘러보았다.

한참 싸우느라 몰랐는데 조금 전만 하더라도 주위 곳곳에 운집해 있던 양대 세력의 무사들이 두 절대 고수의 싸움의 여파를 피해 멀찌감치 떨어져 접전을 벌이고 있었다.

이 정도라면 전력을 다해도 큰 여파가 없을 것 같았다.

"하압!"

고오오오오!

검황이 기합을 넣자 창천검에서 강렬한 선기가 발산되며 푸른빛의 강기가 생성되었다.

이것은 선천공의 최고 경지인 상생검(相生劍)인 선천강기였다.

검선이 우화등선하기 전에 자신의 깨달음을 정리하여 선기로 강기를 만들 수 있는 최고의 경지를 남겼다.

"이건?"

극성의 혈옥수로 검황을 몰아붙이던 삼석의 눈에 이채가 띠었다.

지금까지와 다르게 마치 살아생전의 검선이 돌아온 것처럼 강렬한 기가 검에서 풍기며 그녀의 지독한 혈마기와 한기를 밀어내고 있었다.

"그래도 명색이 검선의 후예라 이건가?"

방어에만 치중하고 있는 검황에게 실망하던 차에 흥미가 돋았다.

삼석이 양손을 날개처럼 펼치자 그녀의 붉은 수정과도 같은 혈옥수에 강기가 서렸다.

혈옥수의 최고 경지라 할 수 있는 혈옥강기였다.

"그래, 어디 한번 겨뤄보자꾸나!"

검황이 날카로운 눈빛으로 그녀의 혈옥강기를 주시했다.

지금부터의 대결에선 단 일 수만 허용해도 치명상으로 이어진다.

'그자에게도 통했으니 이런 사악한 기운이라면 통할지도!'

처음으로 자신의 목숨을 위협하던 현천강기를 막아낸 선천강기라면 승부를 판가름 낼 수 있으리라고 믿었다.

"받아랏!"

삼석의 신형이 순식간에 거리를 좁히며 검황의 사정거리로 파고들었다.

검황이 신중한 얼굴로 유성검법의 절초를 펼쳤다.

유성검법의 제사 초식인 성운검연(星運劍然).

창천검에 실린 선천강기가 거대한 유성 덩어리처럼 묵직하게 그녀의 정면으로 쇄도했다.

으득!

엄청난 검초의 위력에 삼석이 입술을 질끈 깨물며 공력을 극성으로 끌어 올렸다.

혈마기와 상극인 선기의 결정체로 이루어진 선천강기가 압박해 오자 그녀는 양손을 교차하며 혈옥수의 절초인 혈옥파천(血玉破天)을 펼쳤다.

콰아아아아앙!

양대 절세 초식들이 격돌하자 귀가 찢어질 듯한 파공음과 함께 강기의 여파로 사방의 땅이 갈라지고 건물들이 부서져 내렸다.

순식간에 일어난 엄청난 여파에 멀찌감치 떨어져 싸우던 무림맹과 마교의 무사들조차도 넋을 놓을 정도였다.

"이, 이게 무공이라고?"

"인간들이 아니야!"

"중원무림의 오황이라는 위명이 그저 이름뿐만이 아니었구나."

혈교를 이끄는 세 기둥 중 한 명이자 최고의 고수인 삼석과 비등한 실력을 가진 검황의 무위에 혈교의 전사들조차 많이 놀란 듯했다.

전력을 끌어낸 두 절대 고수의 첫 초식 대결은 무승부였다.

"제법이구나. 검선 본인도 아니고 그 후예가 본녀와 비등한 실력이라니."

말은 그렇게 했지만 그녀 역시도 처음 펼쳐보는 극성의 혈옥수에 몸의 과부하가 심했는지 양손이 떨리고 있었다.

"본좌야말로 소저의 고절한 실력에 놀랐네. 과연 혈교를 이끄는 우두머리답군."

검황의 이마에서 식은땀이 흘러내렸다.

대연경의 경지에 오르지 않은 상태에서 펼치는 선천강기의 내공과 선기의 소모는 상상 이상이었다.

이를 유지하기 위해서는 엄청난 심력이 소요되는데, 길게 유지하진 못할 것 같았다.

적어도 몇 초식 이내에 승부를 내야 했다.

'무위가 동등하다면 도발을 해서라도 흔들리게 만들 수밖에.'

원래 검황은 자존심이 강해서 무공을 겨룰 때 다른 수단을 쓰는 위인이 아니었지만, 전 무림의 안위가 걸려 있는 싸움이었기에 심리전도 마다할 수 없었다.

"여기서 사악한 혈교의 우두머리인 그대를 빨리 처리하고 그 붉은 가면을 쓴 자까지 없앤다면 전황을 끝낼 수 있겠구려."

"뭐?"

가벼운 도발이었지만 가면 속 삼석의 눈꼬리가 치켜 올라갔다.

삼혈로 중에서 가장 격정적인 성격을 지닌 그녀는 천 년 전의 전쟁 당시에도 흥분한 나머지 수백 명에 가까운 정파인을 맨손으로 학살한 장본인이기도 했다.

"호호호호호! 가당치도 않은 소리를 하는구나! 네깟 놈이 뭘 어째?"

쏴아아아아!

분노한 그녀의 몸에서 강렬한 한기와 함께 붉은 혈마기가 스멀스멀 퍼져 나갔다.

'됐구나.'

절대 고수 간의 싸움에서는 정신이 흐트러지는 것은 승패에 중요한 영향을 미친다.

예상 외로 가벼운 도발에도 넘어가 분개하는 삼석에 검황은 속으로 쾌재를 불렀다.

분노하는 삼석에게 검황은 유성검법의 마지막 절초를 펼치기 위한 공력을 끌어 올렸다..

바로 그때였다.

흠칫!

두 절대 고수가 동시에 눈이 커져서 한 곳을 바라보았다.

무림맹의 서문 방향에서 엄청난 기운과 함께 허공에 검은 선이 그려지며 뭔가를 가르는 파공음이 퍼져 나갔다.

"이, 이건 대체?"

분명 이것은 일검을 갈랐을 때 나는 소리였다.

검의 최고 경지를 목표로 하는 검황의 귀에는 이상적인 파공음이었다.

누가 펼친 일검인지는 모르겠지만 검황에게 충격을 가져다 줄 만큼 전율적이었다.

'…왔다. 그놈이야. 그놈이 왔어!'

그런 검황의 반응과 달리 삼석은 온몸을 부르르 떨더니 귀청이 떨어져 나갈 정도로 소리를 지르며 서문을 향해 번개처럼 경공을 펼쳤다.

"천마아아아!!"

"어?"

그녀의 멀어져 가는 뒷모습을 보며 검황이 인상을 찌푸렸다.

아직 연기가 가시지 않은 서문 앞.

혈교에게 유일한 퇴로가 되어줄 문 앞을 단 한 명의 사내가 막고 있었다.

그러나 그 존재가 풍기는 심연과도 같은 마기는 좌중에 있는 모든 사람을 긴장하게 만들 만큼 대단했다.

천마의 앞에 그어진 검흔에서 흘러나오는 날카로운 예기는 한 명이라도 이곳을 지나려 한다면 베겠다고 경고하고 있었다.

"아직도 네놈이 과거의 천마라고 착각하는 것이냐!"

호전적인 풍마 대주가 불만스러운 목소리로 천마에게 소리쳤다.

비록 혈강시를 단번에 두 동강 내는 모습을 보여주긴 했으나, 과거에 보인 그런 위압감은 없어졌다고 생각하는 그였다.

"그래? 그럼 입만 털지 말고 덤벼."

"이 과거의 잔재가!"

천마가 손을 내밀어 들어오라는 식으로 까딱이자 풍마 대주의 얼굴이 붉게 달아올랐다.

노기가 차오른 풍마 대주의 신형이 삽시간에 천마의 앞까지 파고들었다.

"풍마 대주!"

사평 대주가 놀라서 섣불리 달려드는 그를 만류하려 했지만 이미 그의 퇴법이 수많은 그림자를 만들어내 천마를 압박한 후였다.

퇴왕 염사곤과 비견해도 뒤처지지 않을 만큼 폭풍과도 같은 기세였다.

'빈승과 겨룰 때는 전력을 다하지 않았구려.'

소림의 십계승인 원오 선사가 내심 감탄을 금치 못했다.

화경의 극에 이른 그의 퇴법에는 일 수마다 강기가 실려 있어서 전부 막아내거나 피하지 못한다면 낭패를 볼 것이다.

"제법 볼 만하군."

풍마 대주의 공세에 당황할 만도 했지만 천마는 여유롭게 왼손으로 장세를 일으켜 부드럽게 회전시켰다.

천마의 두 절기 중 하나인 현천유장의 장별유선(掌別柳鮮)의 초식이다.

풍마 대주의 퇴영(腿影) 사이로 천마의 부드러운 장세가 파고들어 폭풍과도 같은 퇴법의 공세를 좌우로 흩어지게 만들었다.

"이럴 수가!"

풍마 대주의 눈에 당혹감이 서렸다.

공력으로는 밀리지 않을 거라 여겼는데, 천마의 부드러운 장세에 마치 그의 퇴초가 범람하는 강물에 휩쓸리듯 꼼짝할 수가 없었다.

"뭐, 뭐얏?"

"우와아앗! 피, 피햇!"

콰콰콰쾅!

풍마 대주의 퇴법에 실린 강기가 의지와 상관없이 애꿎은 성문의 좌우편에 있던 혈교의 전사들과 무림맹의 무사들에게 여파를 미치고 말았다.

멍하니 두 사람의 대결을 지켜보던 그들이 퇴강에 팔다리가 찢겨 나갔다.

"끄악!"

"내, 내 팔이!"

이 모습을 지켜보다 못한 태극검왕 현심자가 상대하던 사평 대주를 버리고 무림맹의 무사들에게 날아오는 퇴강을 베어서 그 피해를 막아냈다.

촥! 부르르르르!

강기의 위력이 어찌나 강한지 검을 쥐고 있는 현심자의 손바닥이 떨릴 정도였다.

'이런 위력의 강기를 부드러운 장법으로 막아내다니 대단하군. 한데 설마 이것도 의도한 것인가?'

천마의 장세를 보면서 현심자의 눈에 이채가 띠었다.

강기의 여파가 적과 아군 할 것 없이 모두에게 미치는 것 같이 보였지만 교묘하게 마교인들만은 벗어났다.

"이, 이!"

풍마 대주가 방금 전에 펼친 초식은 천 년 전에 천마를 상대하던 기억을 바탕으로 만들어낸 절치부심의 초식이었다.

그런데 회심의 퇴법을 쉽게 막아내자 그는 수치스러울 수밖에 없었다.

"아직 끝이 아니다!"

팔신장 중에서 으뜸가는 경공의 고수답게 풍마 대주의 몸이 순식간에 여러 개로 나뉘어 그 그림자가 동시에 천마의 요혈로 퇴법을 펼쳤다.

천마는 그런 풍마 대주의 공격에 피식 웃고는 현천검을 일직선으로 뻗었다.

푹!

"컥! 어, 어떻게……."

천마가 검을 뻗은 곳은 풍마 대주의 그림자와 같은 신형이 쇄도하지 않던 곳이다. 한데 어느새 현천검이 그의 이마를 관통하고 있었다.

천마를 속인 후에 그의 방심을 노리려 한 풍마 대주는 억울했는지 두 눈을 부릅뜬 채 숨을 거뒀다.

촤악!

천마가 검을 빼내며 이죽거렸다.

"발이 빠른 놈들이 하는 짓거리는 다 똑같지."

무공에 있어서 몇 단락의 차이가 있는 천마를 상대로 경공으로 허초를 펼치는 것은 무의미한 일이었다.

천마의 눈에는 선명하게 그의 진초가 보였으니 풍마 대주로서는 허튼짓을 한 것에 불과했다.

고작 한 초식 일 수 만에 팔신장 중의 한 명이 목숨을 잃자 주변에 있던 혈교의 전사들은 얼굴이 창백해져서 사기가 침체되고 말았다.

"아미타불!"

'…빈승조차 고전한 자를 한 발자국도 떼지 않고 죽이다니, 허어.'

원오 선사는 천마의 괴물 같은 무위에 경악했다.

더군다나 좌중의 삼대 세력 누구 할 것 없이 모든 사람이 단 한 사람에게 시선이 빼앗겨 서문 쪽에서는 전쟁이 중단된 상태였다.

'천 년 전보다 더 강해졌구나.'

'괴물 같은 놈!'

같은 팔신장 중의 한 명이 어이없이 죽임을 당하자 사평 대주를 비롯해 그들의 수장인 사혈 대주 역시 많이 놀랐는지 입을 다물지 못했다.

현경의 극에 이른 사혈 대주 역시도 한 발자국도 움직이지 않은 상태에서 경공의 달인인 풍마 대주를 고작 일 초식 일 수 만에 목숨을 거둘 자신은 없었다.

그런 그의 귓가로 사평 대주의 전음이 들려왔다.

[사혈 대주, 아무래도 합공을 해야 할 것 같소.]

[합공?]

[저 괴물을 상대로 일대일로 붙는 것은 어리석은 짓이오.]

[크으!]

자존심이 상하는 전음이었지만 맞는 말이었다.

여기서 일대일로 붙어서 자신들이 패하게 된다면 혈교의 전력은 급감하고 만다.

합공을 해서라도 천마를 없애야만 전황을 반전시킬 수 있었다.

사혈 대주가 고개를 끄덕이자 사평 대주가 천마에게로 창을 겨누었다.

"호오, 전처럼 합공이라도 해볼 셈이냐?"

과거에도 팔신장 전체와 팔 대 일로 겨뤄본 적이 있는 천마이다.

혈교의 백팔 대주 중 최고 무위를 자랑하는 팔신장의 합공을 상대로도 불과 반 시진도 되지 않아 패배시킨 천마였다.

으드득!

그때가 떠올랐는지 사혈 대주가 이빨을 갈았다.

[천마의 도발에 넘어가지 마시오.]

여느 고수들과 달리 심리전에 능숙한 천마의 도발은 어떤 누구라도 견디기 힘들 정도였다.

그것을 알기에 팔신장 중에서 가장 냉정한 사평 대주가 경고했다.

[사혈 대주가 주 공격을 맡으시오! 본인이 보조하겠소!]

[알겠다!]

사혈 대주의 실력이 삼혈로와 비교해도 무색하지 않다는 것을 알기에 사평 대주는 자연스럽게 보조를 선택했다.

어차피 천마의 공세를 상대할 수 있는 사람은 오직 사혈 대주뿐이었다.

"간다!"

사혈 대주와 사평 대주의 신형이 번개처럼 튕겨져 나가 천마를 향해 쇄도했다.

주 공을 맡은 사혈 대주가 간결한 검초를 펼쳐서 천마를 압박했다.

초식의 군더더기를 전부 제외하고 철저하게 목숨을 거두기 위한 살초였다.

'이 녀석은 다르군.'

천마의 눈에 이채가 띠었다.

혈마 본인이나 삼혈로를 제외한다면 그리 뛰어난 무위를 지닌 자가 없을 거라 여겼는데 지금 펼치는 살초만 본다면 오황인 남마검을 가볍게 상회하는 검술 실력을 지녔다.

채채채채챙!

천마가 현천검을 들어서 사혈 대주가 펼치는 살초들을 막았다.

사혈 대주의 검에는 일 수에 상대를 베기 위한 극성의 공력이 실려 있었다.

대애애애앵!

현천검의 검신이 일격을 받을 때마다 떨렸다.

기대한 것 이상의 실력을 보여주자 천마의 입꼬리가 올라갔다.

'제법 상대할 가치가 있군.'

그러나 그런 즐거움도 잠시였고, 어느새 사평 대주의 신형이 천마를 지나쳐 그 뒤를 파고들려 했다.

이를 발견한 천마의 좌수가 빠르게 움직였다.

"누구 멋대로 이 선을 넘으라고 했나?"

"헛?"

천마의 왼손 검지가 움직이자 날카로운 검기가 일어나 사평 대주를 공격했다.

사혈 대주의 강한 공세에 신경이 팔릴 거라 여긴 사평 대주가 당황해하며 창을 회전시키고 천마의 검기를 막아냈다.

채채채채챙!

"어, 엄청나다!"

"정말 저 선을 넘지 못하게 하려는 건가?"

좌중은 놀라움을 금치 못했다.

천마는 정말로 그가 한 경고대로 누구도 선을 넘지 못하게 하고 있었다.

심지어 혈교 무력의 상징이라 할 수 있는 팔신장의 두 명이 합공을 가하고 있는데 그들은 바닥에 그인 선 근처에도 가지 못했다.

'허어, 정말 저자가 노도가 생각하는 그자가 맞단 말인가?'

사혈 대주가 펼치는 검초들은 그야말로 놀라운 절초들이었다.

천마는 검에 있어선 중원에서 세 손가락에 드는 고수라고 자부해 온 현심자조차도 감탄을 금치 못하는 검초들을 어렵지 않게 막고 있었다.

'정말 괴물 그 자체로다!'

처음에는 반신반의한 현심자였지만, 어쩌면 저들이 말한 대로 저 괴물 같은 무위를 지닌 마교인의 정체가 정말로 마도의 종주인 천마일지도 모른다는 생각이 들었다.

'사혈 대주의 검초들을 막으면서 틈조차 보이지 않다니! 천마 이 괴물 같은 놈!'

천마의 검기를 막아낸 사평 대주는 뒤를 노리는 것을 포기했다.

이렇게 된 이상 사혈 대주가 펼치는 초식들을 막는 그 틈을 노리는 수밖에 없었다.

사혈 대주도 그런 사평 대주의 생각을 읽었는지 빈틈을 만들기 위해 독문무공인 혈살검(血殺劍)의 팔살세(八殺勢)를 펼쳤다.

"받아랏!"

사혈 대주의 혈마기로 붉게 물든 검이 천마의 머리, 양 어깨, 목, 가슴 정중앙, 양쪽 허리, 양쪽 허벅지의 요혈로 동시에 찔러들어 갔다.

세간에 널리 알려진 팔방풍우(八方風雨)의 초식에 혈살검의 진수를 담았다.

"흠?"

평범해 보이는 초식이었지만 여덟 방위에 검초의 진수가 담겨 있기 때문에 가볍게 막을 수 있는 것이 아니었다.

여덟 방위에서 동시에 살초가 진행되는 것이기에 하나라도 파훼하지 못한다면 팔살세의 최후 살초인 극살세(極殺勢)가 이어지는 절초였다.

'막을 수 있다면 막아봐라!'

절대 고수를 상대하기 위해 만든 이 초식은 삼혈로라고 해도 막을 수 없을 거라 자부했다.

천마의 검을 든 우수가 움직였다.

'무엇을 택하든 네놈은 죽는다.'

채채채채채챙!

"헛?"

검망을 만들어내거나 초식에 허실을 찾아서 노릴 거라 여긴 사혈 대주였다.

그런데 천마는 오히려 그의 팔살세와 똑같은 팔방위에 검초를 펼친 것이다.

단순한 찌르기가 아닌 별리검법의 정수를 담은 검초였다.

촤촤촤촤악!

눈 깜짝할 사이에 사혈 대주가 펼친, 팔살세의 여덟 방위에서 쇄도해 오던 초식들이 파훼되고 오히려 그에게로 반격의 검초가 닥쳐왔다.

깡!

"크헛!"

여덟 방위를 파훼하고 그의 요혈로 천마의 검초가 쇄도해 오는 순간 사혈 대주는 극살세를 펼쳐서 그 반동으로 허공에 튕겨졌다.

적을 죽이기 위한 최후의 살초인 극살세가 자신을 보호하기 위한 검초가 되리라고는 상상도 하지 못한 사혈 대주였다.

'천마! 끝이 아니다!'

내상을 입고 허공으로 튕겨 나가는 사혈 대주가 회심의 미소를 지었다.

휘리리리릭!

"죽어랏!"

"응?"

사혈 대주의 팔살세를 파훼하고 연이어지는 절초인 극살세와 부딪치면서 천마 역시도 반동에 오른팔이 위로 들려 있었다.

그 작은 틈을 놓치지 않고 사평 대주의 창이 강렬한 회오리를 일으키며 천마의 가슴으로 쇄도해 왔다.

'끝이다!'

아무리 절대 강자라고 해도 막을 수 없을 것이다.

그러나.

쾅!

"아닛?"

짧은 찰나에 천마의 심후한 공력이 실린 진각이 땅에 박히며 부서진 바닥의 흙먼지 잔해가 앞으로 튕겨 나와 사평 대주의 시야를 가렸다.

"이딴 걸로 날 막을 수 있을 것 같나!"

공력이 실린 흙먼지에 가렸다고 해도 바로 코앞에 있으니 자신의 절초를 피할 수 없었다.

눈이 따가웠지만 사평 대주는 멈추지 않았다.

하지만 천마가 노린 것은 그의 공격을 파편으로 막으려는 것이 아니었다.

촤악!

앞을 가로막는 잔해가 갈라지며 회오리치며 뻗어나가던 초식이 위로 팅기고 창끝이 잘려 나갔다.

"어, 어떻게 검을?"

현경의 극에 이른 사혈 대주의 극살세를 막은 반동이 그 짧은 찰나에 풀릴 리가 없었다.

그러나 천마는 이 반동을 풀기 위해 강한 진각을 내려치면서 그 반동을 땅속으로 밀어 넣은 것이다.

콱!

천마가 잘려나간 창끝을 움켜잡았다.

"헛! 뭐, 뭐 하는 짓이야?"

"뭐 하긴, 이런 짓이지!"

당황한 사평 대주가 공력을 일으켜 풀어내려 했지만 천마의 상대가 될 리가 없었다.

팍! 팅!

천마가 창에 심후한 공력을 일으켜 창대를 아래쪽으로 짓누르자 그 탄력에 사평 대주의 몸이 위로 팅겨져 나가 버렸다.

부웅!

"크헛!"

그것이 끝이 아니었다.

사평 대주가 균형을 잃고 떠오른 순간 천마의 검이 흑색으로 물들며 허공을 그었다.

날카로운 예기가 선을 그리며 허공을 길게 가로질러 사평 대주의 몸을 반으로 갈랐다.

촤악!

"크아아아아악!"

몸이 갈린 것은 사평 대주만이 아니었다.

극살세의 반동으로 먼저 허공에 떠올라 있던 사혈 대주 역시도 천마의 일 검에 혼비백산해 천근추를 펼쳐 내려오려 했으나 그것이 더욱 패착이 되어버렸다.

촤악!

"컥!"

밑으로 떨어지던 사혈 대주의 목이 날아갔다.

현경의 극에 이른 절대 고수의 죽음치고는 그야말로 개죽음이라 할 수 있었다.

바닥에 떨어지는 두 시신을 쳐다보며 천마가 중얼거렸다.

"뭐, 이런 게 일거양득인가."

하남성 북단의 무림맹.

무림맹의 성 내에서는 천 년 만에 무림사를 통틀어 최대 규모의 전쟁이 벌어지고 있었다.

자그마치 십만 명에 이르는 고수들의 전쟁으로 인해 성의 서문을 중심으로 중앙부까지 그 폐해가 엄청났다.

이 전쟁의 승패에 따라 무림의 존속이 달려 있기에 양측은 결사했다.

전쟁이 시작한 지 한 시진가량이 되었을 무렵, 수많은 사상자가 발생했다.

일반 무사뿐만이 아니라 양측의 수뇌부 역시도 점차 사상자가 늘어갔다.

첫 번째 희생자는 검하칠위의 다섯 번째 서열인 칠성권왕 모유웅이었다.

호전적인 성향인 그는 전쟁이 시작되자마자 백팔 대주의 상위 서열인 팔신장들에게 관심을 가졌고, 그들 중 한 명인 천율 대주에게 싸움을 걸었다.

양손에 철갑을 차고 있는 천율 대주를 자신과 같이 육박전인 권법을 사용하는 고수라고 확신한 모유웅이었다.

그러나.

촤촤촤촤악!

"크윽!"

천잠사로 만든 열 가닥의 강사실이 어느새 모유웅의 전신을 감쌌다.

천율 대주는 무림에서도 가장 독특한 무공인 십지강사공(十指强絲功)을 사용하는 무인이었다.

"고맙게도 육박전으로 덤빌 줄이야. 크크크큭."

십지강사공이 가장 효과적으로 상대할 수 있는 고수는 무구를 사용하지 않는 무인이었다.

상대의 무공을 오인한 무유웅의 어이없는 패착이었다.

"이 비겁한 놈이!"

모유웅이 젖 먹던 힘까지 공력을 끌어내 강사실을 풀어보려 했으나 공력을 끌어 올릴수록 오히려 천잠사의 압박이 심해져 전신이 터져 나갈 것 같았다.

"그럼 잘가게나!"

"으으으으, 아, 안 돼!!"

콰지지지직!

천율 대주가 열 가닥의 천잠사 강사에 강기를 형성하자 모유웅의 몸이 버티지 못하고 강사실에 찢겨 나가 비참한 최후를 맞이하고 말았다.

한때 검문의 무림 일통에 크게 기여한 검하칠위의 일인치고는 허무한 죽음이었다.

"후우, 한 놈은 죽였는데 끝이 없군."

주변을 둘러보니 수를 헤아리기 힘든 무사들이 치열하게 전투를 벌이고 있었다.

상성 관계로 인해 쉽게 승리를 거뒀지만 구파일방의 고수들과 백팔 대주가 죽을 각오로 사투를 벌여서 양측의 사상자는 거의 비슷하다고 할 수 있었다.

"엇?"

그때 천율 대주의 시선에 누군가가 보였다.

혼자서 열 명에 이르는 백팔 대주를 동시에 상대하고 있는 전율적인 검술 실력을 가진 무인이었다.

"검황? 저자는 삼석이 상대하고 있지 않았나?"

천율 대주가 놀라는 이유는 검황의 무위가 그가 상상한 것보다도 훨씬 고절했기 때문이다.

검황이 검을 휘두를 때마다 백팔 대주들이 쩔쩔매고 있었다.

"큰일이로군."

절대 고수인 검황을 맡고 있던 삼혈로의 삼석이 이탈하면서 그 균형이 깨졌다.

검황을 유일하게 상대할 수 있는 세 고수가 일석, 삼석, 그리고 팔신장의 수장인 사혈 대주였는데 이를 방관하면서 들판에 야수를 풀어놓은 셈이 된 것이다.

"칫! 대체 어딜 간 거지?"

이 전쟁에서 반드시 묶어둬야 할 자는 오황급의 무인들이었다.

아무리 혈교가 전보다 강해졌다고 해도 현경의 경지에 오른 절대 무인들을 길러내는 것은 별개의 문제였다.

그렇기 때문에 수십 년에 걸쳐서 흑막으로 공작을 해오면서도 오황은 쉽게 건드리지 못한 것이다.

"별수 없군. 설사 수라(修羅)의 길이라고 해도 가는 수밖에."

검황과 같은 무인을 수수방관하여 내버려 뒀다가 무슨 사태가 벌어질지 몰랐다.

결국 천율 대주는 검황을 상대하기 위해 중간에 난입할 수밖에 없었다.

한편, 무림맹의 서문은 한참 피 터지게 싸우고 있는 다른 곳과는 사뭇 다른 분위기였다.

'허어.'

태극검왕 현심자는 방금 본 일검에 할 말을 잃고 말았다.

검을 갈고닦는 검사로서 그 일검은 거의 완벽에 가까울 정도로 전율적이었다.

'검황이 아니라 저자야말로 진정한 검신(劍神)이로다.'

입 밖으로 나오지는 않았지만 극찬이었다.

웅성웅성!

고작 십 초식도 겨루지 못한 채 팔신장의 수장이 일검에 최후를 맞이하자 성문 주변에 있던 혈교인들의 사기가 최악으로 떨어지고 말았다.

반면, 마교인들은 조사의 압도적인 무력에 사기가 치솟을 대로 치솟아 있었다.

"이때가 기회다! 혈교의 무리를 처단하라!"

"와아아아아!"

"죽여라!"

대주들이 하나둘 외치자 교인들이 높은 사기로 함성을 외치며 혈교의 전사들을 향해 검을 휘둘렀다.

이에 무림맹의 무사들도 얼떨결에 다시 전쟁을 재개하였다.

전쟁에 있어서 사기가 미치는 영향은 절대 무시할 수 없었다.

"크아악!"

"컥!"

한번 기세에 밀린 서문 근방에 있는 혈교인들은 속수무책으로 밀리기 시작했다.

그들을 지휘하는 팔신장 세 명이 천마의 손에 전부 죽었기 때문에 그 부재가 정말 크다고 할 수 있었다.

그러던 찰나였다.

"흠?"

천마의 기감에 강렬한 무언가가 잡혔다.

워낙 많은 무인이 군집한 상태라 천마라도 정밀하게 기운을 감지하는 것이 어려웠다. 한데 그 강렬한 기운을 뿜어대는 자가 정확히 이곳을 향하고 있기에 알아챌 수 있었다.

"비켜라! 비켜!"

이윽고 그 존재가 모습을 드러냈다.

하얀 가면에 은발을 휘날리고 있는 삼혈로의 삼석이었다.

지독한 살기를 풍기면서 경공을 펼쳐 다가오는 삼석은 자신의 경로를 방해하는 자들을 무차별적으로 쳐냈다.

파파팍!

그녀의 손은 스치기만 해도 상대의 몸이 순식간에 얼어붙을 정도로 엄청난 한기를 발산하고 있었다.

'한기?'

천마의 눈에 이채가 띠었다.

목소리와 풍채는 달랐지만 저 가면을 보니 분명 절곡에서 본 그녀였다.

아무래도 당시에 부상을 회복하지 못하고 육신을 바꾼 듯했다.

"누구의 육체로 갈아탔는지 짐작이 가는군. 쯧."

지독한 한기와 은발을 보아하니 분명 북해의 단가 일족 육신이 틀림없었다.

어떻게 구했는지는 몰라도 그 기세가 보통이 아니다.

"천마아아아아아아!"

그녀의 앙칼진 목소리가 서문 근처에서 쩌렁쩌렁하게 울렸다.

"앗!"

대주급과 달리 혈교를 지탱하는 삼혈로 중의 한 명인 삼석이 나타나자 침체되었던 혈교 전사들의 눈빛이 살아나며 사기가 올랐다.

그들은 전세가 밀리고 있는 자신들을 돕기 위해 삼석이 나타났다고 생각했다.

"삼석이다! 삼석께서 오셨다!"

"와아아아아!"

큰 함성이 성 내 사방을 울렸지만 삼석의 두 눈에는 오직 천마만 보였다.

그녀는 번개같이 천마가 있는 위로 뛰어올라 혈옥수의 절초인 혈옥광수(血玉廣手)을 펼쳤다.

혈마기가 실린 붉은 강기가 거대한 사람의 손 형태로 나타나 천마가 서 있는 서문 앞의 허공을 뒤덮었다.

"우와아아아앗!"

"피, 피해랏!"

서문 근처에 있던 사람들이 혼비백산하여 사방으로 흩어졌다.

거대한 붉은 손이 내려쳐지는 압박만으로도 바닥이 크게 들썩거리며 파였다.

쿠쿠쿠쿠쿵!

"호오?"

천마가 자신의 머리 위를 덮치는 거대한 붉은 손 형태의 강기에 흥미로운 표정을 지었다.

절곡에서 봤을 때보다도 훨씬 강해진 역량이었다.

푹!

허공을 뒤덮는 강기의 압력에 밀려 천마의 발이 땅바닥을 파고들었다.

더군다나 한기마저 몰아쳐서 전신의 움직임을 힘들게 만들었다.

"절대 본녀의 손바닥에서 벗어날 수 없다, 천마!"

삼석은 절곡에서 당한 것이 있었기에 절대 천마를 상대로 방심하지 않았다. 전력으로 밀어붙여서 쓰러뜨릴 작정이다.

"지키지 못할 허언은 하지 않는 게 좋을 텐데, 계집!"

천마가 허공을 향해 현천검을 빼 들었다.

그러자 그의 검이 검게 물들며 심연과도 같은 마기를 내뿜었다.

현천신공의 십삼 단공인 현천강기를 일으킨 천마는 천마검법의 절초인 공천승멸(貢天昇滅)을 펼쳤다.

검에서 뻗어 나온 현천강기가 하늘 위로 솟구치는 유성처럼 위로 뻗어나갔다.

콰아아아앙!

두 사람의 절초가 부딪치며 굉음이 울려 퍼졌다.

어찌나 그 여파가 강했는지 주변의 땅이 파이면서 일어난 먼지로 사방이 뿌옇게 물들었다.

이 여파에 가장 큰 영향을 받은 이는 소림의 십계승인 원오 선사였다.

'정말 사악한 초식이로다!'

"아미타불!"

천마의 마기와 삼석의 혈마기가 부딪치면서 생겨난 어둡고 광적인 염(念)의 영향으로 원오 선사가 합장을 하며 불경을 읊었다.

"조, 조사님!"

좌중의 마교인들의 안색이 어두워졌다.

조사인 천마가 적의 엄청난 공세에 당해서 깔렸으니 그 안위가 걱정될 수밖에 없었다.

하지만 그런 걱정은 기우에 불과했다.

"이걸 막다니! 괴물 같은 놈!"

시야를 가린 뿌연 연기가 가시자 두 절대 고수의 모습이 드러났다. 땅바닥에 발목까지 박힌 천마와 이를 당혹스러운 눈빛으로 바라보는 삼석이었다.

"지키지 못할 허언은 하지 말라고 했을 텐데?"

"흥!"

그녀가 양손에 공력을 끌어 올리자 사방으로 붉은 혈마기가 섞인 한기가 몰아쳤다.

삼석이 있는 주변 바닥에 하얗게 서리가 일어나고 서문 근방의 기온이 떨어져 입김이 나올 정도였다.

분노와 전의로 끌어낸 첫 초식이 통하지는 않았지만 아직까지 승부가 난 것은 아니었다.

천마가 자신의 초식을 피하지도 못하고 저렇게 발목까지 바닥에 박힌 것을 보면 무위에는 큰 차이가 없어 보였다.

웅성웅성!

"삼석도 넘지 못하다니?"

"이럴 수가……!"

그런데 주변의 반응이 이상했다.

천마를 상대하는 것에 정신이 팔려서 다른 것은 의식하지 못한 그녀였는데 문득 바닥을 바라보니 천마의 앞으로 검흔으로 보이는 선이 하나 그어져 있었다.

"그건?"

"네년에게도 경고하지. 이 선을 넘으면 죽는다. 뭐 넘지 않아도 죽겠지만. 크큭."

"뭣?"

삼석은 그제야 천마가 지금 무슨 짓을 벌인 건지 눈치챘다.

그녀의 노도와 같은 절초를 천마는 한 발자국도 움직이지 않고 받아쳤는데 그것에는 이런 이유가 있었다.

천마는 좌중 앞에서 누구도 이 선을 넘길 수 없다고 경고했다.

정말로 그의 말대로 누가 되었든 혈교의 팔신장을 비롯해 그 수장, 그리고 삼혈로조차도 천마가 검기로 그린 선을 지나치지 못했다.

이렇게 되면서 혈교의 전사들은 본능적으로 두려움이 일어나 서문을 더 이상 퇴로로 생각할 수가 없었다.

이로써 도망이라는 선택지를 머릿속에서 없애 버린 것이다.

'무서운 놈! 잔머리를 굴리다니!'

단순한 전법만으로 혈교 전사들의 사기를 꺾는 천마의 계책에 삼석은 혀를 내둘렀다.

이런 계책은 악마의 뇌라 불리는 혈뇌가 아니고는 생각하기 힘들었다.

그저 분노만으로 천마를 곱씹었지만 지금은 확실하게 알 것 같았다.

혈교가 무림 절멸 대계를 성공시키기 위해서는 다른 누구도 아닌 천마를 없애야만 승리를 거둘 수 있다는 사실을 말이다.

스르르륵!

온통 살기로 점철되어 있던 그녀의 광적인 기세가 점차 안정되어 갔다.

'냉정해졌군.'

천마는 냉정을 되찾은 삼석의 눈빛에 입꼬리를 올렸다.

시시한 싸움이 될 줄 알았는데 저 정도로 냉정함을 되찾았다면 대결이 흥미로울 수도 있었다.

그러나 모든 것이 예상대로 흘러가는 것은 아니었다.

콰아아아앙!!

멀리서 거대한 굉음과 함께 무림맹 동문 쪽에서 붉은 연기가 하늘로 솟구쳤다.

순간, 그것을 발견한 삼석과 혈교인들의 표정이 일제히 바뀌었다.

73장

퇴각

석면 전체가 촛불로 밝혀져 있는 어두운 공간의 석실.

무림사 초유의 대전쟁이 펼쳐지고 있는 하남성과는 한참 떨어져 있었지만 실시간으로 전황을 알 수 있는 혈마였다.

석좌 앞의 넓은 대전에는 열두 명의 제사장이 원을 그리고 앉아 있었다.

그 원 안에는 세 사람의 금색 혁대의 복면인들이 가부좌를 틀고 눈을 감고 있었다.

마치 가사 상태에 빠진 듯했다.

화르륵!

바람 한 점 들어오지 않는 석실 벽을 밝히고 있던 촛불이 한 번에 다섯 개가 동시에 꺼졌다.

석좌에 앉아 있는 그림자 속 혈마의 붉은 안광이 가늘어졌다.

벌써 벽면에 있는 불꽃이 삼 할 가까이 꺼졌다.

분명 계획대로 되었다면 거의 희생자가 발생하지 않고 전쟁이 마무리되어야 했다.

그런데 대계가 발동되는 시점부터 희생자가 생겨나기 시작하더니 벌써 백팔 대주를 포함한 부활자의 삼 할이 목숨을 잃었다.

벽면을 메우고 있는 촛불들은 술법으로 부활자들의 영혼과 연결되어 있어 그들의 생사를 알 수 있는 지표였다.

심기가 불편한 혈마가 입을 열었다.

"무림맹에 가 있는 금마대(金魔隊)를 불러라."

"충!"

그의 명령이 떨어지자 제사장들이 주술을 읊기 시작했다.

그러자 고요하던 석실에 심상치 않은 기운이 감돌더니 이내 대전 한가운데로 붉은 빛이 천장을 관통해서 들어왔다.

제사장들이 더욱 높은 소리로 주술을 외우자 붉은 빛이 금색 혁대를 매고 있는 복면인 중 한 사람의 주변을 맴돌더니 이내 그의 머리로 스며들었다.

쏴아아아!

고요하게 눈을 감고 있던 금색 혁대의 복면인이 눈을 떴다.

붉은 안광이 선명한 복면인이 호흡이 막혔다가 뚫린 사람처럼 헛구역질을 했다.

"허어어어억! 쿨럭쿨럭!"

고통스러워하던 복면인은 얼마 지나지 않아 나아졌는지 무릎을 꿇고 혈마에게 머리를 숙였다.

"지존의 존안을 배알합니다!"

혈마가 그런 복면인에게 물었다.

"어떻게 된 거지?"

낮은 어조에 실린 목소리에는 분노가 서려 있었다.

혈마의 질문에 복면인의 눈이 자신도 모르게 석면에 있는 촛불들로 향했다.

그는 백팔대 중 한 명의 몸을 차지하고 지금까지 전황을 지켜봤다. 그렇기에 왜 촛불이 이렇게 꺼져 있는지 알고 있었다.

"무림맹과 마교의 함정에 빠졌습니다."

"함정에 빠져?"

"그들이 전쟁을 유도한 것은 거짓이었고, 성 내에서 전쟁을 벌이는 것처럼 속여서 저희의 전력을 끌어들였습니다."

"…자세히 말하라."

"아, 알겠습니다."

심상치 않은 혈마의 기세에 두려움을 느낀 복면인이 자신의 영혼이 회귀되기 직전까지의 상황을 설명했다.

"천마의 모습이 보이지 않았다?"

"그, 그렇습니다!"

복면인은 서문 근방에 있는 것이 아니었기에 그가 나타난 것을 파악할 수 없었다.

그가 마지막으로 본 것은 삼혈로인 삼석과 검황이 겨루는 모습이었고, 도중에 술법이 풀리면서 원래의 육신으로 회귀된 것이다.

"천마가 없었다?"

혈마는 그 점이 가장 의아했는지 계속 같은 말을 되뇌었다.

지금까지의 진행된 상황으로 본다면 이런 대담한 계책은 천마가 아니면 생각할 수 없었다. 한데 그가 보이지 않는다는 것이 이상했다.

'설마?'

뭔가를 알아챈 혈마가 제사장들에게 비장의 수인 강시 부대를 맡고 있는 자를 부르게 하였다.

그를 소환해 다시 보내 강시들로 서문을 뚫게 해야 했다.

만약 그가 우려하는 바가 맞는다면 천마는 성 내가 아니라 성 밖에 있을 확률이 높았다.

제사장들이 서둘러서 주술을 외워 강시 부대에 있는 금색 혁대의 복면인을 소환했다.

호흡이 벅차하던 복면인이 정신을 차리고 그의 앞에 무릎을 꿇었다.

"지존의 존안을 배알합니다!"

"지금 당장 혈강시들로 성문을 뚫고 성 내를 지원하도록 하라."

단도직입적인 명령에 복면인의 붉은 동공이 흔들렸다.

이 같은 변화를 혈마가 알아차리지 못할 리가 없었다.

"왜 그러는 것이냐?"

"이미 성문은 내부에 있는 아군이 뚫었습니다."

예상과 달리 이미 성문을 뚫었다는 말에 혈마의 눈에 이채가 띠었다.

그렇다면 당연히 강시들을 성 내로 진입시켰을 테니까 말이다.

하지만 이어지는 복면인의 말에 혈마의 분노가 최고조에 이르렀다.

"그런데 갑자기 천마가 나타나서 공격해 강시들을 통솔하는 대주를 죽였습니다."

"뭐?"

"나타난 것은 천마뿐만이 아니었습니다. 서독황과 동검귀를 비롯해 북해빙궁의 무사들이 나타나 강시들과 전투 중입니다."

쿠구구구구구!

"크헉!"

그의 말이 끝남과 동시에 석실 전체가 흔들리기 시작했다.

분노한 혈마가 내뿜는 기세에 석실 내부가 진기로 가득 차 진동을 일으킨 것이다.

호흡조차 멎게 만드는 진기에 제사장들을 비롯해 두 명의 금색 혁대 복면인의 입에서 선혈이 흘러내렸다.

"쿨럭쿨럭!"

그들이 바닥에 쓰러져 피를 토해내고 나서야 그 진기가 가셨다.

고통스러웠지만 복면인들은 자세를 가다듬고 혈마의 앞에 머리를 조아렸다.

호흡을 가다듬은 혈마가 입을 열었다.

"남은 귀강시들과 혈강시들은?"

"제가 회귀하기 전까지 거의 대다수의 강시가 전멸한 상태입니다."

"혈강시도 말이냐?"

"그, 그게 서독황과 동검귀의 무위가 저희가 분석한 것 이상으로 강했습니다."

이것이 가장 중요한 패착의 요인이었다.

현경의 극에 이른 서독황과 동검귀에게 있어서 혈강시는 여느 강시들과 다를 바가 없었다.

금강불괴와 무지막지한 괴력이 통하지 않는 상대에게 혈강시는 그저 평범한 육체에 불과했다.

강시들이 전부 죽었다면 성 내에 있는 전력만으로 양대 세력을 상대해야 했다.

그런데 그 와중에 천마를 비롯한 오황 두 명이 참전한다면 결과는 뻔했다.

지금 당장 퇴각하지 않는다면 전황은 더욱 불리하게 될 것이다.

화르륵! 화르륵! 화르륵!

그때 석면에 있던 촛불들이 지금까지와는 비교할 수 없을 만큼 빠르게 꺼지기 시작했다.

심지어 가장 위에 자리하고 있던 촛불들마저 꺼졌다.

"아니?"

위에 있는 촛불들은 가장 상위 서열이라 할 수 있는 삼혈로와 팔신장의 것들이다.

팔신장의 수장이라 할 수 있는 사혈 대주의 촛불이 꺼졌다.

"사, 사혈 대주마저?"

얼마나 놀랐는지 머리를 조아리고 있던 복면인마저 큰 소리를 내고 말았다.

팔신장에서 희생이 나왔다는 것은 전황이 최악으로 돌아가고 있음을 의미했다.

혈마는 본능적으로 이것이 누구의 소행인지 알 수 있었다.

"천… 마!"

설마하니 천마가 자신들의 계략을 꿰뚫고 도리어 반전을 일으킬 줄은 몰랐다.

수십 년 동안 준비해 온 전력의 반을 잃은 셈이다.

성 내로 진입한 백팔대와 살아남은 수뇌부들을 퇴각시키지 않는다면 더 이상 회생은 불가능할지도 몰랐다.

찌릿!

다급해진 혈마의 눈이 연신 촛불이 꺼지고 있는 석면의 반대편으로 향했다.

반 이상이 꺼진 백팔 대주의 생사를 알리는 촛불들과 달리 반대편에 자리한 촛불들은 아직 이 할 정도만 꺼져 있는 상태였다.

"이석과 구왕 쪽에 있는 금마대를 불러라."

혈마의 명령에 제사장들의 주술을 외우는 목소리가 이어졌다.

일각 정도가 지난 무림맹에서 얼마 떨어지지 않은 하남성의 동쪽 부근.

이곳에서도 한창 격렬한 전쟁이 벌어지고 있었다.

"이석!"

전투를 지휘하고 있는 파란 가면의 이석 근처로 한 복면인이 다급하게 다가왔다.

혈교의 본 단과 혼이 연결되어 있는 것을 알고 있는 이석이었기에 의아한 눈빛으로 물었다.

"왜 그러느냐?"

"혈마 님께서 명을 내리셨습니다."

"그분께서?"

"지금 당장 무림맹의 동문을 뚫고 본진과 함께 퇴각하라는 명입니다."

"뭣?"

퇴각하라는 명에 이석이 이해할 수 없다는 눈빛이 되었다.

지금쯤이면 무림맹과 마교의 잔존 병력을 정리하러 간 혈교 본진의 세력도 거의 마무리되고 있는 시점이라고 생각한 그였다.

그런데 퇴각을 명했다는 것은 승기를 잃었다는 말이 아닌가.

"피해 상황은?"

"절반 이상입니다."

이석의 두 눈이 커졌다.

사만에 이르는 백팔대와 화경 이상의 백팔 대주들로 이루어진 본진의 전력 피해가 절반 이상이라는 것은 패배에 가까운 상태였다.

"또 그놈 짓인가?"

완벽한 계획이 실패했다는 말에 머릿속을 스쳐 지나가는 것은 오직 한 사람뿐이었다.

복면인이 아무 말이 없자 이석이 입술을 깨물었다.

"젠장, 조금만 정리하면 끝날 텐데."

아쉬움이 남았다.

이석이 바라보는 언덕 아래의 평야에는 수천 구의 시신으로 가득했다.

아직도 격렬하게 전투가 벌어지고 있었지만 실상 혈교의 승리라고 해도 과언이 아니었다.

사파 연맹에서 남은 인원은 그들이 비장의 수로 숨겨둔 몇몇 은거기인과 북호투황, 그리고 만박자뿐이었다.

"저들을 여기서 잡아야 하는데."

특히 저 북호투황이라는 놈은 매우 위험했다.

백염과 백발에 어울리지 않게 거구의 그가 주먹을 내뻗을 때마다 대지가 갈라지고 모든 것을 파괴할 만큼 엄청난 권법의 달인이었다.

그의 손에 천 년 전 구 무림의 고수인 구왕 두 명이 목숨을 잃었을 만큼 오황이라 불리던 위명에 부끄럽지 않은 절대 무자였다.

'하지만 본진의 전력을 전부 잃는다면 무림 절멸 대계도 전부 망쳐 버리겠지.'

결정을 내린 이석이 구왕들에게 전음을 보냈다.

지금 당장의 위급함으로 저들을 놓아주는 것이 아쉬울 따름이었다.

두 명이 목숨을 잃으면서 칠왕이 되어버린 그들 중 다섯은 북호투황을 에워싸며 합공을 펼치고 있었다.

"괴물 같은 놈이로군."

"그 시절에도 선마혈의 절대자들 외에는 이런 무위를 지닌 놈이 없었건만."

고작 외팔로 그들 다섯의 합공을 받아내는 무위에 감탄을 금치 못했다.

처음에는 일대일로 정정당당하게 현 무림의 정점이라 불리는 북호투황과 겨뤄보려 한 구왕이었지만 두 사람이 허무하게 목숨을 잃자 자존심을 버리고 합공을 택했다.

하지만 여전히 백중세를 유지할 만큼 북호투황은 강했다.

"하압!"

콰콰콰콰쾅!

북호투황이 내뻗은 집채만 한 권강에 대지가 갈라졌다.

그 많은 귀강시를 고작 일 권에 수백을 몰살시킬 만큼 위력은 경천동지 그 자체였다.

'후우, 후우.'

하지만 괴물 같아 보이는 북호투황도 내심 지쳐가고 있었다.

아무리 전대 오황이라고는 하나 그 역시도 인간이었다.

혼자서 한 시진이 넘도록 천 년 전에 명성을 떨치던 일곱 고수를 상대한다는 것은 쉬운 일이 아니었다.

'빌어먹을, 이러다 정말 이곳에서 목숨을 잃을지도 모르겠군.'

모든 명예를 버리고 죽음까지 숨겨가면서 대의를 위한 그였다.

아직 그들을 전부 몰살시키지도 못했는데 여기서 목숨을 잃는다면 정말 억울할 것 같았다.

'차라리 동귀어진으로 이놈들을 전부 저승 동무로 삼을까.'

어차피 이들을 살려둔다면 무림에 큰 후환이 될 것이다.

아무리 현경의 경지에 올라 내공을 무한하게 순환시킬 수 있다고 해도 육체의 과부하는 막을 수가 없었다.

그렇게 고민하던 찰나였다.

"엇?"

갑자기 합공을 하던 오왕들이 묘한 표정으로 서로를 바라보다 이내 하던 전투를 멈추고 퇴각하는 것이 아닌가.

그들뿐만이 아니라 부활한 전대 고수들 또한 전부 서쪽 언덕 너머로 빠르게 퇴각하기 시작했다.

"지금 무슨 짓을 하는 것이냐!"

이들의 알 수 없는 태도에 북호투황이 노기가 섞인 목소리로 외쳤다.

그러자 오왕 중의 한 명이 고개를 돌리며 답했다.

"흥! 다음번에도 이런 운이 있을 거라 생각하지 마라, 북호투황!"

"뭐얏!"

도발적인 그의 말에 화가 치밀어 오른 북호투황이 퇴각하는 그들을 쫓으려 했다. 그러자 언제 나타났는지 모를 만박자가 그의 어깨를 붙잡았다.

"아서게."

"무슨 소리인가? 저들이 퇴각한다는 것은 우리를 두려워하는 게 아닌가!"

"허어! 저들이 우리를 어찌 두려워한단 말인가? 주위를 둘러보게."

만박자의 말처럼 주위에는 사파 연맹 무사들의 시신들로 넘쳐났다.

살아남은 이라고 해봐야 고작 몇 백 명에 불과했다.

만 오천에 이르던 그들의 전력에 고작 일 할도 못 미치는 자들만이 살아남았다.

"크흑!"

쾅!

이에 북호투황이 분했는지 세게 진각을 밟으며 화를 표출했다.

만박자의 말처럼 마지막까지 저들과 싸우려 든다면 결과는 결국 전멸뿐이었다.

다만 어째서 저들이 다 이긴 싸움을 멈추고 급하게 퇴각하는지에 대해서는 만박자 또한 이해할 수가 없었다.

"대체 무슨 일이 벌어졌단 말인가?"

콰아아아앙!

무림맹 성의 동문이 부서졌다.

전쟁이 벌어지면서 모든 전력이 서문과 중앙 쪽으로 집결하자 외부에 대한 방비가 전혀 안 되어 있는 상황이었다.

그 때문에 성문이 부서지고 나서야 이를 파악하는 것이 가능했다.

"이게 대체 무슨……?"

무림맹 전체를 울리는 굉음에 전쟁이 잠시 소강상태에 접어들었다.

부서진 동문 쪽에서 붉은색 연기가 피어올랐다.

하늘 높이 올라가는 붉은 연기에 혈교 전사들의 시선이 그 곳으로 향했다.

'퇴각 신호!'

그것은 혈교에서 쓰는 신호로 퇴각을 알리는 연기였다.

전쟁이 치러지는 동안 서문을 퇴로로 생각하던 혈교인들은 천마의 등장에 모든 것이 무산되었고 이곳에서 결착을 내야 한다고 생각했다.

하지만 동문이 뚫렸다는 것은 원군이 도착했다는 의미였다.

"흠."

마교의 교주인 천극염과 전투를 벌이던 일석이 붉은 연기를 발견하고 고개를 절레절레 흔들었다.

설마 자신들이 퇴각하는 상황까지 벌어지리라고는 상상도 하지 못한 그였다.

이미 주변만 보더라도 무림맹과 마교에 못지않게 사상자가 넘치는 혈교의 전사들이었다.

'지금 빠지지 않는다면 대계를 이룰 수 없겠지.'

일석은 다른 삼혈로들과 달리 가장 신중한 성격의 소유자였다.

퇴각을 알리는 붉은 연기를 확인하자마자 고민할 것 없이 천극염과의 승부를 중단했다.

한참 격렬하게 공방이 이뤄지다 멈추었기에 천극염이 의아한 눈빛으로 물었다.

　"무슨 짓이지?"

　"여기까지다. 네놈들과의 승부는 훗날로 미뤄야겠군. 현 마교 교주 천극염이라고 했나? 기억해 두지."

　"누구 마음대로 끝을 내겠다는 것이냐?"

　퇴각하려는 상대의 모습에 더욱 기세가 오른 천극염이다.

　하지만 일석의 입장에서는 어이가 없을 따름이다.

　천마검 덕분에 겨우 백중세를 유지하던 천극염은 전신에 상처를 입어 피투성이였다.

　이에 일석이 비웃음을 흘리며 말했다.

　"어리석긴. 목숨을 건진 것만으로 만족해라."

　깡! 파치치치칙!

　일석의 일권에서 나오는 붉은 뇌전(雷電)에 천극염이 급하게 천마검을 들어 막았지만 신형이 뒤로 튕겨 나갔다.

　그사이에 일석은 아무 말 없이 몸을 돌려 동문 쪽으로 향했다.

　주변에서 전투를 벌이던 혈교의 전사들도 그 뒤를 따라 퇴각하기 시작했다.

　무림맹 성 내 남쪽 부근.

검과 검이 부딪치는 소리가 끊임없이 들리고 있다.

겨루고 있던 삼석이 다른 곳으로 가면서 검황은 들판에 풀린 야수처럼 혈교의 전사들을 비롯한 백팔 대주들을 휩쓸고 다녔다.

보다 못한 팔신장의 교마 대주와 창율 대주, 그리고 백팔 대주 다섯 명이 합공하면서 견제하고 있었지만 감당하기 무서울 정도의 검술 실력이었다.

'과연 검선의 후예로구나.'

천 년 만에 겨루게 되는 검선의 유성검법은 여전히 명불허전이었다.

더욱 놀라운 것은 천 년의 세월이 흐르면서 검황의 손에 이어진 유성검법은 전보다도 훨씬 패도적이면서 허점이 많이 보완되어 있었다.

채채채채챙!

'제기랄! 화경의 고수 일곱이서 하나를 못 당해내다니!'

천 년 전 주적이던 마교와 검문을 처단하기 위해 수십 년 동안 검선의 유성검법, 천마의 천마검법에 대해 분석한 혈교였다.

과거의 당사자들이 아니고선 예전과 같은 위력을 발휘할 수 없을 거라 여겼지만 지금 검황의 실력은 그들이 본 검선을 훨씬 상회했다.

그도 그럴 만한 것이 혈교가 멸망할 당시 검선의 무위는 현경의 완숙한 경지였다.

혈교가 멸망하고 나서 한참 동안이나 천마와 대립하면서 그 무위가 대연경의 경지에 이르고 우화등선을 하였다.

그 일련의 과정을 모르는 혈교의 분석은 검선의 성장 과정의 중간에 머문 셈이다.

푹!

"크헉!"

"무군!"

검황의 창천검이 백팔 대주 중의 한 사람인 무군 대주의 심장을 관통했다.

심장이 꿰뚫리면서 무군 대주는 비명과 함께 바닥에 쓰러졌다.

일곱 명이서 팽팽하게 겨루던 찰나에 한 사람이 죽자 그 견고하던 균열이 깨졌다.

촤촤촥!

틈이 생겨나자 검황이 절묘한 검초를 펼쳐 파도처럼 이들을 몰아붙였다.

팔신장인 창율 대주와 교마 대주가 강기를 일으켜 분전했으나 무위의 차이로 막는 것조차 버거웠다.

쾅!

그때 그들의 귓가에 강한 굉음이 울려 퍼졌다.

한참을 다투던 그들은 일제히 공방을 멈추고 시선을 동쪽으로 향했다.

붉게 피어오르는 연기가 하늘 위로 치솟고 있었다.

'앗? 퇴각 신호?'

저 신호는 퇴각 신호였다.

본래의 계획과 달리 어째서 동문에서 연기가 피어오르는지는 모르겠지만 신호를 본다면 이유를 불문하고 퇴각해야 했다.

'아뿔싸, 동문 쪽이 뚫렸나 보구나. 저 연기는 대체 뭐지?'

검황의 표정이 어두워졌다.

동문에서 피어오르는 붉은 연기는 무림맹의 신호가 아니었다.

북쪽부터 동쪽, 남쪽까지 성문을 전부 폐쇄했기 때문에 전 전력을 서쪽으로 집중시킨 상황이었다.

그런데 동문이 뚫렸다는 것은······.

'저들의 아군이 더 있었단 말인가?'

만약 저들의 원군이 쳐들어온 것이라면 정말 걷잡을 수 없는 사태가 벌어진다.

지금도 양측의 전력이나 피해가 비슷했고 그 균형이 겨우 맞춰지는 마당에 원군이 들이닥친다면 오히려 무림맹이 성을 포기해야 할지도 몰랐다.

하지만 다행스럽게도 그건 아닌 듯했다.

"퇴각한다!"

천율 대주의 외침에 검황을 에워싸던 일곱 대주들이 동시에 미리 맞춘 듯이 여러 방향으로 산개했다.

검황은 그제야 저 붉은 연기가 혈교의 퇴각 신호임을 눈치챘다.

'그렇다면?'

혈교에서 이 전쟁의 패색이 짙어졌다고 판단해서 퇴각한다는 의미였다.

여기서 이들을 순순히 놓아주게 된다면 전쟁이 더욱 장기화될 것이 뻔했다. 사고가 거기까지 미치자 검황은 이 순간을 놓쳐서는 안 된다고 여겼다.

"놓치지 않는다!"

검황이 경공을 펼쳐 상대하던 일곱 명 가운데 가장 껄끄럽던 자의 뒤를 추격했다.

동시에 사방으로 산개해서 시선을 분산시킨 대주들이다.

그런데 검황이 다른 자들은 포기하고 자신의 뒤를 쫓아오자 천율 대주는 난감함을 금치 못했다.

"헉! 하필 나를 쫓다니?"

어찌 보면 그만큼 무위가 높다는 것을 의미했지만 천율 대주는 죽을 맛이었다.

젖 먹던 힘까지 다해 경공을 펼쳤지만 금방 따라잡힐 것 같 았다.

'어떻게 해야 하지?'

뒤를 쫓는 검황의 기세로 보아선 퇴각을 순순히 보고만 있 을 것 같지 않았다.

그렇다면 아군을 위해서 시간을 벌어주는 것이 답이었다.

고민하던 천율 대주는 결국 도주를 포기했다.

탓!

"음?"

"죽어라, 검황!"

촤촤촤촤악!

천율 대주가 몸을 뒤틀어 검황에게 진원진기를 실은 십지 강사공의 절초를 펼쳤다.

열 가닥의 천잠사 강사에 붉은 강기가 실려 살아 있는 것처 럼 전 방위로 움직이며 검황에게 쇄도했다.

검황이 빠르게 회전하며 별리검법으로 검망을 만들어내 방 어했다.

채채채챙!

아무리 무위에서 차이가 난다고는 하나 죽을 각오로 덤벼 드는 천율 대주의 절초를 쉽게 파훼할 수는 없었다.

그렇게 혈교의 전력이 하나같이 붉은 연기에 퇴각하고, 무림맹과 마교의 전력이 추격하는 와중에도 유일하게 자리를 벗어나지 않는 이가 있었다.

쾅!

서로가 일장을 부딪치는 것만으로도 세찬 바람이 몰아치며 강대한 공력의 여파에 주변이 초토화되기 시작했다.

주변의 지형을 비롯해 건물들이 부서져 나갔지만 인명 피해는 없었다.

그것은 혈교의 전사들이 퇴각을 위한 도주를 하면서 무림맹과 마교의 무사들이 추적에 들어가 주변이 텅 비어버렸기 때문이다.

하얀 가면의 삼석의 부관이 퇴각을 권유했지만 그녀는 이를 거부했다.

부관이 설득하려 들었지만 오히려 그녀의 한 마디에 설득당해 먼저 퇴각해야만 했다.

[멍청하긴, 본 교가 퇴각하는 동안 천마가 그냥 내버려 둘 것 같으냐!]

복수심과 분노 이전에 그녀의 선택은 옳았다.

만약 삼석마저도 도주를 시도했다면 천마는 무차별적으로 도주하는 혈교인들을 학살했을 것이 틀림없었다.

"천마아아아!!"

"시끄럽다!"

앙칼지게 부르짖는 그녀의 목소리에는 깊은 한이 담겨 있었다.

오랜 세월의 원한과 혈교의 대계를 위해 희생한다는 강한 책임감은 그녀의 전의를 최고조로 만들었다.

파파파파팡!

천마의 왼손에서 펼쳐지는 현천유장의 부드러운 장세가 혈옥수에 찢겨져 나갔다.

삼석의 손에서 발휘되는 완성된 혈옥수는 강한 전의에 감응해 그 위력을 십분 발휘했다.

'성가시군.'

그녀를 빨리 없애고 도주하는 혈교인들을 처리하려 한 천마는 예상보다 끈질긴 공세에 시간이 지체되고 있었다.

삼석은 육체를 바꾼 후로 혈옥수를 완성하면서 현경의 극에 이르렀는데, 천운으로 한기와 혈마기 두 가지 속성을 동시에 담아 무공을 발휘할 수 있게 되었다.

이것은 어떠한 무인이라도 불가능한 일이었지만 타인의 육신을 차지하면서 얻게 된 것이었다.

"칫!"

그녀의 손에 닿은 현천검의 검신이 얼어붙었다.

세외삼대신공이라 불리는 설한신공의 극성에 이르러야 가

능한 신기였다.

깡! 쩌저저적!

혈옥수와 부딪친 현천검이 결빙된 것을 천마가 바닥에 강제로 내려쳐 해빙시켰다.

주변의 공기마저 얼어붙게 만들 정도의 한기는 천마가 휘두르는 검초에 흔적을 남길 만큼 차가웠다.

"이게 전부냐, 천마? 한심하구나!"

의기양양해진 삼석이 천마를 도발했다.

천 년 전이나 절곡에서 붙었을 때와는 비교도 되지 않을 만큼 강해진 그녀의 상승한 무공 실력에 천마도 내심 인정하고 말았다.

'어설픈 방식으로는 되지 않겠군.'

좀 더 겨뤄서 본질적으로 한기를 머금은 혈옥수를 파훼하고 싶었지만 이대로 혈교인들을 놓친다면 후환거리를 만드는 일이었다.

우우우웅!

천마가 오른손에 마기를 집중하자 검신이 검게 물들며 흑색 강기가 피어올랐다.

현천신공 십삼 단공의 경지인 현천강기였다.

아무리 삼석의 무공이 독특하고 그 최고 경지에 올랐다고 한들 지고의 경지인 대연경에 올라야만 펼칠 수 있는 현천강기와는 비교할 수 없었다.

파스스스스!

천마의 검게 물든 현천검을 중심으로 점차 한기가 밀려 나갔다.

이것은 마치 검황의 상생검인 창천강검과 비슷한 느낌이었지만 본질적인 기운이 달랐다.

선기를 발산하는 것 이상으로 께름칙한 기분이었지만 그녀는 계속해서 공세를 이어갔다.

"흥! 이대로 본녀의 손에 죽어랏, 천마!"

기세가 오른 그녀가 혈옥수의 살초인 혈수파랑(血殊破浪)을 펼쳤지만 천마가 휘두르는 현천강기가 실린 별리검법의 절초에 단숨에 파훼되고 말았다.

"앗?"

초식이 파훼된 것이 끝이 아니었다.

혈옥수의 최고 경지에 오른 그녀의 두 손은 만년한철과도 같은 경도를 지녔는데 놀랍게도 그 손이 베이며 피가 흘러내렸다.

'어째서 손이?'

이것은 현천강기의 첫 번째 경지인 분천(分天)의 힘이었다.

만물의 기운을 흩어지게 만드는 분천의 기운은 그녀의 혈옥수를 흩어지게 만들어 손에 상처를 입게 만들었다.

'손에 공력이 모이지가 않잖아?'

한번 흩어진 공력은 쉽사리 모이지 않았다.

"단숨에 끝내주마."

슉!

당혹스러워하는 그녀의 심장으로 천마의 현천검이 번개처럼 쇄도해 왔다.

삼석이 이를 막기 위해 상처를 입지 않은 반대 손으로 혈옥수를 펼쳤지만 천마의 검에 닿는 순간 맨손처럼 꿰뚫리고 말았다.

푹!

"아악!"

"이제 그만 지옥으로 꺼져라!"

천마의 검이 그녀의 손을 뚫고 심장에 닿으려는 찰나였다.

고오오오!

"응?"

갑자기 머리 위에서 느껴지는 강한 살의에 천마가 찔러들어가던 현천검에서 손을 떼고 신형을 벌렸다.

쾅!

신형을 벌리는 순간 삼석과 천마의 사이로 죽립을 쓴 한 사내의 일도가 바닥을 내려쳤다.

얼마나 강한 공력이 실려 있었는지 바닥이 갈라지며 파편이 사방으로 튀었다.

천마가 검지로 그것을 막는 것과 동시에 오른손을 잡아당기자 삼석의 손에 꽂혀 있던 현천검이 뽑혀 돌아왔다.

착!

그와 동시에 죽립인이 연이어 천마를 향해 도초를 펼쳤다.

쾌도의 도초가 쇄도해 오자 천마가 짜증스러운 표정으로 단번에 그것을 파훼했다.

천마의 검이 번쩍이자 도초뿐만이 아니라 죽립인의 도가 부러져 그 날카로운 도 날이 핑그르르 돌며 죽립을 가르고 지나갔다.

찌익!

죽립이 갈라지며 사내의 얼굴이 드러났다.

"큭!"

찢어진 눈에 간사한 얼굴의 중년인이었는데 기습적인 공격을 가볍게 피한 것도 모자라서 도마저 부러지자 많이 당황한 듯했다.

두 동공에 붉은 안광이 띠는 것을 보면 부활자임이 틀림없었다.

"네놈은 뭔데 중간에 난입하는 것이냐?"

"천마를 죽여라."

간사한 얼굴의 중년인이 멍한 눈빛으로 질문과는 동떨어진 말을 중얼거렸다.

"뭐라고 개소리를 지껄이는 거야?"

퍽!

진노한 천마의 일장이 곧장 그의 가슴을 때렸다.

심후한 공력이 담긴 일장에 중년인이 선혈을 내뿜으며 뒤로
튕겨져 나갔다.

중년인을 처리한 천마는 다시 삼석을 처리하려고 했는데,
어느새 그의 앞으로 열 명 정도 되는 붉은 안광을 내뿜는 자
들이 나타났다.

"뭐냐?"

혈교의 백팔 대주들과 달리 그들은 혈마기를 내뿜고 있지
않았다.

오히려 제각각 다른 기운을 풍기고 있었는데, 특이한 것은
전부 눈의 동공에 초점이 맞춰져 있지 않았다.

"천마를 죽여라."

"천마를 죽여라."

그들은 뭔가 암시를 받은 듯이 같은 말을 반복했다.

위기의 순간에 자신을 구해준 자들의 뒷모습을 보며 삼석
은 이들이 누군지 알아챘다.

그들은 천 년 전 구 무림의 고수들이었다.

'이석이 보낸 건가?'

절묘한 시점에 보낸 덕분에 목숨을 건질 수 있었다.

같은 말을 되뇌는 그들은 구 무림의 고수 중에서도 부활 후에 혈교의 뜻에 따르지 않아 세뇌와 암시를 통해 조정하는 자들이었다.

희생양으로는 적격이었다.

'이 틈을 타서 도망가야겠다.'

원래는 목숨을 걸고 이곳에서 죽는 한이 있더라도 천마와 승부를 내려 한 삼석이었다.

하지만 알 수 없는 힘에 공력이 분산되자 굳은 결의가 어느새 두려움으로 바뀌었다.

순식간에 열 명의 고수가 동시에 절초를 펼쳤다.

"이놈들?"

천마의 눈에 이채가 띠었다.

이들의 무공의 연원을 알아보았기 때문이다.

소림의 용조수를 비롯해 무당의 태극검결, 화산의 매화십이검을 비롯해 사파 패도문의 오패사검 초식 등 정사 고수들의 합공이라 할 수 있었다.

"이젠 하다하다 저승에서 쉬고 있던 녀석들을 강제로 동원한 것이냐? 미친놈."

천마는 고개를 절레절레 흔들었다.

그들의 초점이 없는 눈만 보아도 강제로 세뇌되었다는 것을 알 수 있었다.

삼석이 뒤를 힐끗 쳐다보며 경공을 펼쳤다.

아무리 천마라고 해도 구 무림에서 명성을 날리던 고수들의 합공을 단숨에 파훼하는 것은 불가능할 것이다.

그러나 그 예상은 너무도 쉽게 뒤집어졌다.

합공을 펼치는 그들의 뒷모습에서 갑자기 날카로운 예기와 함께 검은 선이 생겨났다.

가느다란 선을 보는 것만으로 아까 전에 허공을 가로지르던 일검이 생각났다.

팍! 데굴데굴!

그녀는 고민할 것도 없이 경공을 펼치던 상태에서 땅바닥으로 낙법을 치며 뒹굴었다.

체면을 차릴 상황이 아니었다.

촤아아아아아아악!

바닥을 뒹굴고 있는 그 짧은 찰나에 그녀의 귓가로 공기를 가르는 날카로운 소리가 스쳐 지나갔다.

혹여나 하는 마음에 바닥에 엎어진 그녀가 고개를 들었다.

눈앞에 펼쳐진 성 내의 수많은 건물들에 검은 선이 생겨나 일제히 반으로 갈라지며 무너져 내렸다.

콰르르르릉!

어디까지 일검이 뻗어나갔는지 짐작하기 힘든 위력이었다.

만약 뒹굴지 않았다면 그녀 역시도 반 토막이 났을지도 모른다.

'이, 이런 위력의 일검은 대체?'

그녀 역시도 수많은 검수들을 보았지만 이런 전율적인 일검은 처음이었다.

놀란 그녀는 몸을 일으켜 세우며 뒤를 쳐다보았다.

천마를 동시에 합공하던 열 명의 구 무림 고수들이 초식을 펼치던 자세 그대로 멈추었다.

쿵! 쿵! 쿵!

푸슉! 푸슉!

마치 신호라도 기다린 건지 그들의 몸이 동시에 반 토막이 나며 상반신이 바닥으로 떨어지고 잘린 하반신의 단면에서 피가 분수처럼 솟구쳤다.

그런 피 분수가 뿜어져 나오는 사이로 지옥의 악마처럼 흑색 장포의 천마가 천천히 걸어나왔다.

"이, 이 괴물!"

가면에 가려져 있었지만 그녀의 가면 속 얼굴은 하얗게 질려 있었다.

두려움을 극복하고 분노로 감춰왔지만 마음속 깊이 자리 잡은 천마에 대한 공포와 두려움이 전신을 사로잡은 것이다.

'하루 사이에 두 번이나 파천을 쓰게 만들다니 짜증 나는군.'

내색은 하지 않고 있었지만 현천강기는 마기의 소모가 굉장했다.

분천의 경지만으로도 소모가 빠른데, 두 번째 경지인 파천(破天)의 경지는 극심한 마기의 소모 때문에 천마도 현재의 상태로는 자주 펼치기 힘들었다.

'육신이 더 단련될 때까지 미루려고 했는데 이번 일이 마무리되는 대로 천마검에 있는 마기의 정수를 흡수해야겠군.'

천마는 현천검에 담겨 있는 순도 높은 마기를 흡수하면서 마기를 회복했다.

하지만 여전히 전성기에 비하면 마기가 완전히 회복된 것은 아니었다.

현재의 몸이 천양지체가 아니었기 때문에 내공이나 마기를 급속도로 늘리려고 하면 육신이 버티지 못하고 과부하가 일어났기 때문이다.

그래도 끊임없이 마기를 몸에 체화하는 수련을 하고 있었기에 지금이라면 어느 정도 정수를 받아들일 수 있을 거라 판단했다.

"이제 네년을 처리하고 남은 혈교 놈들도 처리해야겠군."

천마가 비릿한 미소를 흘리며 삼석에게 다가갔다.

전의를 상실한 그녀는 온몸을 벌벌 떨면서 천마를 그저 두려운 눈빛으로 바라보았다.

내공을 상실한 것은 아니었지만 더 이상 싸울 의지가 없었다.

"그만 네 년이 있던 지옥으로 돌아가라."

천마가 검을 들어 그녀의 목을 베기 위해 내려쳤다.

부르르!

그 순간 그녀의 몸이 들썩거리며 강한 경련을 일으키기 시작했다.

그것은 백타산장에서 이석이 자폭을 시도해서 육체에서 영혼이 빠져나가려고 하던 때와 같은 증상이었다.

"하, 도망가시겠다?"

이를 가만히 지켜볼 리가 없었다.

천마는 목을 베려 하던 검의 경로를 바꿔서 하얀 가면의 미간을 찔렀다.

푹!

현천검이 전신에 경련을 일으키는 삼석의 이마를 꿰뚫었다.

검게 물든 현천검에 실린 분천 경지의 현천강기가 삼석의 전신으로 퍼져 나가며 떨리던 경련이 멎었다.

"흥!"

그녀의 영혼이 빠져나가기 전에 육신을 완전히 죽여 버린 것이다.

가장 좋은 방법은 모든 것을 벨 수 있는 파천이나 소멸시키는 멸천의 경지였으나 지금은 그 정도로 마기가 남아 있지 않았다.

그래도 분천의 경지 역시도 효과가 있었는지 영혼이 빠져나오지 않았다.

"됐군. 그럼 남은 잔당도 처리하러 가야겠군."

천마는 그녀의 미간에서 현천검을 뽑은 뒤 경공을 펼쳐 동문으로 향했다.

그가 사라진 지 얼마 되지 않았을 때다.

부르르르르!

삼석의 죽은 시신에서 빠르게 경련이 일어나더니 작은 불씨만 한 크기의 붉은 빛이 새어 나오며 서북쪽 하늘로 사라졌다.

한편, 무림맹의 동문 쪽에서는 치열한 퇴각전이 일어나고 있었다.

전장에서 살아남은 혈교의 전사들이 일사불란하게 동문을 빠져나가며 빠르게 퇴각했다.

"저들을 놓치면 안 된다!"

"따라잡아라!"

도주하는 혈교인들을 무림맹과 마교의 무사들이 추격했지만 그것이 쉽지 않았다.

혈교인들이 무사히 동문을 통과하는 것과 다르게 그곳을 지키고 있던 구 무림의 고수들과 강시들이 대기하고 있다가 그들의 추격을 가로막았기 때문이다.

"저들을 막아라!"

성벽 위에서 대기하고 있던 복면의 강시술사들이 혼명향을 뿌리며 명했다.

수백에 이르는 강시들이 짐승처럼 울부짖으며 추격단을 덮쳤다.

"크와아아아!"

"우와아악!"

"이, 이 괴물들은 뭐야?"

마교인들과 달리 처음 강시를 접하는 정도 무림의 무사들과 고수들은 당혹감을 감추지 못했다.

살아 있는 자들과 달리 강시들은 고통을 느끼지 않고 덤벼드니 일반 무사들에게는 곤혹스러운 상대였다.

"크악!"

양팔이 잘려 나간 파란 피부의 귀강시가 무림맹 무사의 발목을 물어뜯었다.

비명을 지르던 무사가 얼마 지나지 않아 얼굴이 괴물처럼 뒤틀리며 강시가 되는 것을 보자 더욱 사태는 아비규환이 되었다.

"크와아아아아!"

"이, 이게 대체 뭐야?"

강시로 변하는 동료들을 보며 사람들이 경악했다.

만약 서문에서 삼천에 이르는 귀강시들이 성 내로 난입했다면 전황은 달라졌을지도 모른다.

하지만 다행히도 동문 입구를 가로막고 있는 강시들의 수는 그리 많지 않았다.

이백 구 정도에 불과했기 때문이다.

당황해하는 무림맹의 정도 무림 무사들에게 마교인들이 이구동성으로 소리쳤다.

"혼자 상대하지 말고 동시에 노려서 강시의 핵을 파괴하시오!"

"죽어랏!"

푸푸푸푹!

마교인들이 집단을 형성해 강시의 몸에 동시에 검을 꽂아 소멸시키는 것을 본 무림맹의 무사들이 이를 따라 했다.

처음 보는 강시들에게 당황한 정도의 무사들도 이들을 상대해 본 경험이 있는 마교인들 덕분에 점차 수월하게 강시들을 제거하기 시작했다.

한편, 일반 무사들이 성문을 가로막는 강시들을 상대하는 동안 구파일방의 고수들과 마교의 장로들이 성벽을 타고 넘어

단번에 그들을 추격하려 했다.

하지만.

"지나갈 수도 없다!"

채채채챙!

성벽 위에는 강시술사뿐만이 아니라 구 무림의 고수들이 진을 치고 있었다.

백팔 대주들보다도 훨씬 성가신 상황이라 할 수 있었다.

그도 그럴 것이 구 무림의 고수 중에는 정파무림 출신들이 껴 있었기 때문에 구파일방의 고수들은 당혹감을 감추지 못했다.

"허어, 이건 개방 방주의 항룡십팔장이 아닌가?"

"형산파의 무진육검?"

구 무림의 고수들이 정파무림을 대표하는 무공을 사용하니 그들로서는 혼란스러울 수밖에 없었다.

정파에서 배신자가 나온 것이 아닌가 하는 착각마저 들었다.

아무 고민 없이 저들을 죽이기에는 혹시나 하는 마음에 쉽게 검을 휘두르지 못했다.

그런 고민을 타파해 준 것은 다름 아닌 검황이었다.

동귀어진의 수를 펼치던 창율 대주를 처리한 검황 역시 뒤늦게 합류해 전황을 파악했다.

그 역시도 다른 수뇌부 고수들처럼 성벽을 뛰어넘으려 했는데 구 무림의 고수들과 교착 중인 것을 발견했다.

'붉은 눈? 저들 또한 부활자들이로구나.'

검황은 사전에 혈교인들이 그들만이 부활한 것이 아니라 구 무림의 고수들마저 부활시켜 이용하고 있다는 정보를 들었다.

그렇기 때문에 다른 정파무림의 고수들과 달리 혼란이 크진 않았다.

다만 죽은 자들을 이용하는 혈교의 사악한 계책에 분노했다.

"혼란스러워하지 마시오! 이들은 저 사악한 혈교의 무리가 부활시킨 구 무림의 고수들이오! 죽은 자들을 이용하는 것이니 망설이지 마시오!"

"죽은 자들?"

"저 붉은 눈이 그 증거요!"

그들이 상대하고 있는 구 무림 고수들의 붉은 안광이 짙었다.

"허어!"

"어찌 이런 천인공노한 짓을 한단 말인가!"

"본 파의 선배들이란 말인가? 허어!"

검황의 외침에 정파무림의 고수들이 연신 탄식을 흘리며

혼란에서 분노로 바뀌어갔다.

다른 사람도 아니고 자신들의 죽은 선대나 선배들을 이용하는 것이 아닌가.

망설임이 없어진 고수들은 일제히 구 무림의 부활자들을 향해 검과 도를 휘둘러 상대해 나가기 시작했다.

"젠장! 대체 어디서부터 잘못된 거지?"

성벽 위에서 구 무림의 부활자들을 통술하며 추격자들을 막고 있던 파란 가면의 이석은 짜증스러움을 감추지 못했다.

그들이 오랜 세월 동안 준비한 강시들과 구 무림의 무인들이 큰 혼란을 주지 못했다.

아무것도 모르는 상태였다면 효과적이었으나 저들의 정체를 알기 시작한 정파와 마교 고수들의 손속에는 망설임이 없었다.

힐끗!

뒤를 쳐다보니 혈교의 전사들이 전부 빠져나가 능선을 넘어가고 있었다.

'그래도 퇴각을 시킬 만큼의 여유는 벌었으니 나도 빠져나가야겠다.'

슉!

"헛?"

그때 성벽보다 더 높은 공중에서 뭔가 검은 그림자가 허공을 빠른 속도로 스쳐 지나갔다.

허공을 가로지를 만큼 엄청난 경공 실력에 감탄할 틈도 없이 놀란 이석이 그 존재를 쳐다보았다.

"처, 천마!!"

그는 바로 검은 장포를 걸친 천마였다.

성벽마저도 가볍게 뛰어넘은 천마는 빠른 신형으로 능선 너머로 도주하고 있는 혈교의 전사들을 쫓았다.

"비, 빌어먹을 천마 이놈이!"

사색이 된 이석이 성벽을 넘어가 그를 뒤쫓았다.

채채채챙!

성벽 위에서 수많은 고수들이 검과 도, 퇴, 장, 권을 나누며 생사의 승부를 나누고 있다.

붉은 안광을 내뿜고 있는 부활한 구 무림의 고수들은 무림사에서 가장 격동적인 시기를 보내온 무인들답게 그 무위가 발군이었다.

한 중년의 사내가 쓰는 항룡십팔장은 현 개방 방주보다도 훨씬 강맹하고 저돌적인 위력을 지니고 있었다.

"허어! 어찌 이런 강맹한 일장을!"

현 개방 방주인 홍자운은 옛 선배의 무공에 감탄을 금치 못했다.

하지만 단점이 없는 것은 아니었다.

'초식에 변초가 없다.'

내공이 뛰어나고 초식도 고절했으나 공격은 매우 단조로웠다.

중년의 사내는 부활자 중에서도 세뇌가 되어 있는 축에 속했기 때문에 동공의 초점이 풀려 있었다.

세뇌된 이들의 단점은 생각하는 사고 능력이 결여되어 그저 눈으로 보는 것에 대응하고 공격하는 것에만 그치기에 변초란 일절 없었다.

파파팡!

덕분에 홍자운은 옛 선배를 어렵지 않게 제압할 수 있었다.

물론 천 년이라는 세월 동안 항룡십팔장이 더욱 개선되고 초식이 보완되었기에 가능한 일이기도 했다.

이것은 다른 정파의 고수들도 마찬가지였다.

정파 출신의 부활자의 반 이상은 세뇌가 되어 있었기에 무공이 고절하다고 해도 제압하는 데 큰 어려움이 없었다.

문제는 세뇌가 되지 않은 구 무림의 고수들이었다.

이들은 현 무림의 고수보다도 훨씬 경험이 많았기에 혼자서 다수를 상대하는 것부터 난전에도 능했다.

푹!

"크헉!"

"현 무림의 후배님들, 미안하네. 노부도 살아야 하지 않겠나. 원시천존. 케케케."

스스로 늙은이라 칭하는 것과 달리 외양은 턱수염을 기른 중년인이었다.

턱수염의 중년인은 점창파의 고수였는지 점창파의 검법을 사용했는데, 지금의 점창파 검법보다도 훨씬 쾌속하고 잔인한 초식을 사용했다.

정도 출신이라고는 믿기 힘들 만큼 손속에 자비가 없었다.

촥!

턱수염의 중년인은 부활자 중에서도 그 실력이 발군이었기에 벌써 혼자서 여섯 명의 고수를 죽였다.

동문인 점창파의 후배들은 이 전쟁에 참여하지 않은 것이 다행일지도 몰랐다.

챙!

"응?"

턱수염의 중년인이 휘두르던 검이 누군가에 의해 막혔다.

그 공력이 어찌나 심후한지 중년인의 팔목까지 떨릴 정도였다.

"악에 굴복하다니, 도를 수련하는 정도인으로서 부끄럽지 않은가?"

"응?"

한참 기세를 높여 나가던 턱수염의 중년인 앞을 가로막은 것은 바로 검황이었다.

여태껏 상대하던 고수들과는 비교도 할 수 없을 만큼 강렬한 기운을 내뿜고 있는데도 오히려 턱수염의 중년인은 두려움보다도 전의가 올랐다.

"케케케, 후배님의 검은 창천검이로군."

천 년 전 혈교의 혈겁 당시 같은 정도인으로 전쟁에 참여한 중년인이었다.

그의 도명은 요능자.

전쟁 초기에 혈마와 겨뤄서 목숨을 잃지 않았다면 당대 십대 고수의 일인으로 명성을 날렸을지도 모른다고 알려진 위인이었다.

"그렇다면 자네는 검선의 후예가 틀림없군."

당시 혈교와의 전쟁이 없었다면 꼭 겨뤄보고 싶던 인물이 바로 검선이었다.

이를 떠오르니 전의가 치솟는 요능자였다.

하지만 검황은 전의보다는 혈교에 굴복하여 현 무림을 절멸시키려고 하는 부활자들에 대한 분노만 있을 뿐이었다.

"악의 주구와 더 이상 섞을 말은 없다!"

촤악!

검황의 일검이 빠르게 요능자의 요혈을 찔러들어 갔다.

현 무림으로 치면 오황에 비견되었다고 알려진 고수답게 요능자는 검황의 일검을 쉽게 막아냈을 뿐만 아니라 반격으로 잔인한 살수마저 펼쳤다.

"흥!"

챙!

검황이 콧방귀를 뀌면서 요능자의 살수를 막아냈다.

요능자가 아무리 검술 실력이 뛰어나다고 해도 상대는 현 무림의 다섯 절대자 중의 한 명이었다.

채채채채채채챙! 좌악!

검황은 단숨에 유성검법의 변화무쌍한 초식인 유변천장(柳變千張)을 펼쳐 요능자를 압박했다.

요능자는 점창파의 절초를 펼치면서 검황의 검초를 막아보려 했지만 그 변화가 많아 제대로 읽지 못해 한 팔을 잃고 말았다.

"크윽! 자네는 검선과는 전혀 다른 사람이로군."

그가 기억하는 검선은 고고한 학과도 같은 사내였다.

검선은 적에게도 자비를 베풀 만큼 선한 인물이었는데, 반면에 검황은 단숨에 적의 팔을 베어낼 만큼 그 성정이 선(善)과는 거리가 멀었다.

"어쩌면 자네는 정보다는 사에 어울리……."

푹!

그의 말이 끝나기도 전에 검황의 일검이 요능자의 미간을 관통했다.

"정도를 배신하고 악에 빠져든 그대에게는 아무 말도 듣고 싶지 않소!"

하지만 이미 죽어버린 요능자는 그 말을 듣지 못했다.

검황도 그 스스로가 정도인치고는 호전적인 성향이라는 것을 누구보다 잘 알고 있었다.

그의 선대 스승이던 검문의 전 장문인인 종윤은 그의 패도적인 성향을 늘 걱정할 정도였다.

검문은 시조인 검선의 유지를 받들어 은거 문파를 지향했다.

무림에 큰 재앙이 닥치지 않고는 출도하지 않는 것이 문파의 법도였는데, 아니나 다를까, 명예욕과 권력욕이 강한 검황은 스승의 사후에 곧바로 무림 출도를 천명했다.

"호랑이가 어찌 풀을 뜯어 먹고 살까."

검황이 그렇게 중얼거리며 성벽 위를 둘러보았다.

아무리 부활자들이 구 무림의 고수들이라고는 하나 수적으로 한참 열세였다.

성벽 위도 얼마 있지 않는다면 곧 정리가 될 것이다.

바로 그때였다.

슉!

"응?"

검황이 고개를 들어보니 누군가가 엄청난 경공을 펼치며 성벽을 단번에 뛰어넘었다.

"저자는?"

그는 바로 천마였다.

천마를 알아본 검황이 성벽 너머를 바라보았다.

성벽을 단숨에 뛰어넘은 천마는 저 멀리 능선 너머로 사라지고 있는 혈교의 잔존 세력을 추격하고 있었다.

"따라가야겠군!"

검황은 마교에 모든 전공을 빼앗기는 것을 원치 않았다.

검황 역시 성벽을 뛰어넘어 도망치는 혈교의 잔존 세력을 추격했다.

한편, 천마는 굉장히 빠른 경공으로 벌써 능선 가까이 도착해 가고 있었다.

'절대 놓치지 않는다.'

다른 것은 몰라도 자신의 이목을 피할 정도로 혈교의 잠적술이 뛰어났기에 지금 잡지 않는다면 훗날 후환거리가 될 가능성이 컸다.

능선을 넘으려는 찰나였다.

촤아아아아아악!

천마의 앞으로 강렬한 검강이 쇄도해 왔다.

갑작스러운 기습이었지만 천마는 전혀 당황하지 않고 현천검에 강기를 실어 이를 튕겨냈다.

콰콰콰쾅!

천마가 쳐낸 검강이 애꿏은 땅을 가르고 지나갔다.

검강에 실린 공력을 보아 적어도 화경의 극에 이르렀거나 그 이상인 자였다.

천마가 앞을 바라보니 한 죽립을 쓴 검사가 혼자서 그 앞을 가로막고 있었다.

'흠.'

죽립인이 등지고 있는 뒤편에는 혈교인들이 빠른 속도로 높은 산봉우리를 향해 도주하고 있었다.

평야가 아닌 산으로 들어가서 산개해 버리면 저들을 잡기 힘들어진다.

'날 우습게 여겼군.'

한 가지 짜증 나는 점은 시간을 벌기 위해서 고작 한 사람을 보냈다는 것이다.

적어도 삼혈로 이상의 고수가 나서지 않는 이상 천마의 일검조차 받아내는 것이 힘들 텐데 마치 얕보인 느낌이었다.

"빨리 처리해야겠군."

천마의 신형이 단숨에 죽립인의 반경을 파고들며 패도적인 천마검법의 절초인 파천일검(破天一劍)을 펼쳤다.

그 기세가 어찌나 패도적이고 강렬했는지 단번에 죽립인을 반 토막 낼 것만 같았다.

그러나 죽립인은 그 강한 일검을 차분하게 부드러운 유검을 펼쳐서 검세를 분산시켜 냈다.

'응?'

그뿐만이 아니라 비켜 나간 힘을 이용해 천마에게 일검을 펼쳤는데 그 위력은 경천동지 그 자체였다.

챙! 크르르르르르르르르르!

천마가 현천검으로 일검을 막았으나 한참을 뒤로 밀려 나갈 정도였다.

물론 천마가 펼친 일검의 기세가 같이 담겨 있었기 때문에 이런 위력을 보인 것이기도 했다.

천마의 눈에 이채가 띠었다.

"…태극혜검이군."

죽립인이 펼친 일검은 무당파의 절대검법이라 불리는 태극혜검의 묘리였다.

무당파의 고수조차도 태극의 묘리를 완전히 이해하고 체화하지 못한다면 절대로 익힐 수 없다는 전설적인 검법이 바로 태극혜검이다.

상대의 기세를 이용하는 이화접목도 태극검과 태극혜검에

서 파생되었다는 말이 있을 만큼 까다로운 검법이었다.

"하, 네놈마저 부활시켰나? 아주 가관도 아니군."

천마는 눈앞의 죽립인을 보면서 탄식이 섞인 비웃음을 흘렸다.

이에 죽립인이 낮은 어조의 목소리로 물었다.

"이제 본도를 알아보았나?"

"내가 네놈을 못 알아볼 것 같았나?"

"흥! 그때 마교에서 보았을 때는 알아보지 못했으면서 잘도 그런 소리를 하는구나."

"마교?"

천마의 머릿속에 얼마 전에 마교에 있었던 강시들의 습격 사건이 떠올랐다.

강시들을 정리하고 이석을 없애려는 차에 갑자기 나타나 그를 데려간 은색 가면의 존재들이 있었다.

그때 유일하게 천마의 검초를 완벽하게 막은 한 은색 가면의 존재가 있었다.

천마는 단번에 그자를 떠올렸다.

"…그때도 네놈이었군, 무진자!"

무진자, 그는 천 년 전에 무당의 시조이던 장삼봉의 재림이라 불릴 만큼 유일하게 태극혜검을 극성으로 익힌 절대 고수였다.

천 년 전 절대 무인이라 불리던 천하 십대 고수 중의 일인으로 검술 실력으로는 천마와 검선에 비견될 만큼 뛰어난 검객이었다.

"보아하니 세뇌를 당한 것도 아닌데 네놈도 타락할 줄은 몰랐군."

그는 도인으로서 도력이 뛰어난 편은 아니었지만 정도의 표본이라 불릴 만큼 정의감이 투철한 무인이었다.

그런 그가 혈교의 주구가 되어 앞을 가로막았으니 천마가 비웃음을 흘릴 만도 했다.

"흥!"

팍!

그런 천마의 이죽거림에 화가 난 무진자가 쓰고 있던 죽립을 바닥에 벗어 던졌다.

이에 천마가 자신도 모르게 눈살을 찌푸렸다.

"내 얼굴이 마음에 들지 않나 보군, 천마."

놀랍게도 그의 얼굴은 빼곡한 자상(刺傷)으로 형태를 알아보기조차 힘들었다.

그 모습이 어찌나 흉측해 보였는지 천마조차도 순간 할 말을 잃을 정도였다.

"얼굴에 왜 그딴 짓을 한 것이냐?"

"크크큭, 당연히 이딴 건 본도의 얼굴이 아니니까!"

웃는 것과 다르게 그의 붉은 눈빛 속에는 비참한 심경이 담겨 있었다.

무슨 사정이 있는지는 몰라도 무진자는 본의로 혈교의 주구가 된 것이 아닌 듯했다.

하지만 천마에게 그런 것은 중요하지 않았다.

"알 바 없다. 네놈이라고 해도 내 앞을 가로막는다면 벤다."

그 말과 함께 천마의 몸에서 강렬한 살기가 뿜어져 나왔다.

요동치는 살기에도 무진자는 한 점 흐트러지지 않는 눈빛으로 천마에게 검을 겨누며 말했다.

"역시 천마 네놈은 예전이나 지금이나 다를 바가 없구나. 하나 검선조차도 본도의 태극혜검을 파훼하지 못했는데 네놈이 가능할까?"

"웃기는 놈이군. 언제 적 태극혜검을 말하는 것이냐?"

"뭣?"

팟!

그 순간 천마의 신형이 빠르게 튕겨져 나오며 무진자를 향해 현천검을 찔러들어 왔다.

파천일검보다도 훨씬 강렬한 기세의 일검이었다.

우우우웅!

강한 기세가 실릴수록 태극의 묘리에 실리는 반동이 클 텐데 또다시 악순환을 반복하는 천마의 오기에 무진자가 비웃었다.

"어리석도다, 천마!"

무진자의 검 끝에서 피어난 강기가 태극을 그리며 현천검의 일격을 받았다.

현천검에 실린 공력에 그 자신의 강기가 더해지면 좀 전과는 비교도 안 되는 반동이 일어나게 될 것이다.

그러나 그의 예상은 보기 좋게 빗나갔다.

우우우웅!

"아니?"

무진자가 만들어낸 태극의 정중앙을 찌르고 있는 천마의 검 끝이 검은 강기로 물들더니 강한 진동이 일어나며 순환하던 태극의 기운이 흩어졌다.

이해할 수 없는 현상에 무진자의 눈빛에 경악이 서렸다.

74장
추적

태극혜검의 묘리는 음양의 조화로 상생(相生)과 환원(還元)이
이루어진다.

그 이치는 양으로 상생하고 음으로 환원하여 상대에게 다
시 그 기운을 되돌리거나 배가 되게 할 수 있다.

그런데 천마의 검 끝에서 흘러나오는 마기는 그런 이치를
부서뜨리고 말았다.

빛이 어둠에 흩어지는 것처럼 중심에서부터 무진자가 만들
어낸 태극의 묘리가 도리어 흩어져 갔다.

'저 기운이 뭔지는 모르겠지만 만물의 기운을 분해하는구나.'

경악한 것도 잠시였고, 무진자는 그의 기운이 심상치 않음을 느꼈다.

태극혜검의 가장 중심이 되는 태극의 묘리가 흩어지자 자연스럽게 검초마저 파훼되었다.

슉! 채채채채챙!

검은 빛의 강기와 직접적으로 닿으면 위험하다고 판단한 무진자가 검에서 손을 떼고 기로 검을 부려서 검망을 만들어내 방어했다.

하지만 무진자가 만들어낸 검망은 천마의 현천강기 분천의 힘에 의해 기가 흩어지면서 제대로 유지할 수 없었다.

"이게 대체 무슨 사술이야?"

"막지 못하면 사술로 보이는 것이냐?"

"칫!"

맞는 말이었기 때문에 반박하기도 힘들었다.

무진자가 내공으로 검을 회수해 보려 했으나 이미 현천강기에 잠식된 검이 반응하지 않았다.

'별수 없군. 거리를 벌려서 이 알 수 없는 기운이 무엇인지 알아내야 해.'

검이 없기에 무진자는 검지로 검기를 일으켰다.

날카로운 검기로 검초를 만들어내 천마를 견제하려고 했다.

하지만 태극혜검으로도 막지 못한 천마를 단순한 검기로 막는 것이 가능할 리 없었다.

"쓸데없는 짓으로 힘 빼지 마라."

차차차차차! 쿵!

"크헉!"

천마의 검초가 단번에 검기를 파훼하고 앞으로 파고들었다. 당황한 무진자가 태극권의 권초를 펼쳤지만 너무도 손쉽게 팔다리의 근맥을 베이고 말았다.

근맥이 베인 무진자는 힘없이 바닥에 쓰러졌다.

자신만만하게 나선 것치고는 허무한 결과였다.

"괴, 괴물이 되었군, 네놈은."

황당하기 그지없었다.

천 년 전만 하더라도 비록 선마혈이라 불리던 상위 서열의 삼 인에 비하면 한 수 떨어졌으나, 적어도 수백 초식은 겨뤄야 승부를 낼 수 있었다. 한데 그 격이 커져 버렸다.

사실 천마가 대연경의 경지에 올라 현천신공의 십삼 단공을 이룩하지 못한 순수한 초식 대결이었다면 무진자와의 승부가 좀 더 길어졌을지도 모른다.

"뭐, 네놈에게 시간이 없었을 뿐이다."

안타깝게도 무진자는 천 년 전 불치병으로 서른다섯이라는 젊은 나이에 요절했다.

좀 더 긴 세월을 살았다면 검선 이상으로 까다로운 적수가 되었을지도 모른다.

"졌다. 죽여라."

허탈해진 무진자가 바닥에 대자로 뻗어서 말했다.

다른 부활자들과 달리 그는 생사에 연연하지 않는 인물이었다.

"그렇게 말하지 않아도 죽일 거다. 그런데 죽이기 전에 하나만 묻자."

"무엇을 말이냐?"

"네 녀석같이 대쪽 같은 놈이 어째서 자의로 혈교를 돕는 것이냐?"

"본 파의 사람들을 인질로 삼아 협박하는데 그냥 그들을 죽게 내버려 두란 말이냐?"

무진자의 파르르 떨리는 두 눈을 바라보며 천마가 한숨을 내쉬었다.

무진자 역시도 검선 못지않게 정의감이 투철하고 정도인으로서의 뚜렷한 사명감을 가진 만큼 순진무구하기 짝이 없었다.

"무림 멸절을 목표로 하는 녀석들의 말을 믿다니 네놈도 어리석기 짝이 없군."

"뭐라고?"

"네놈의 그런 멍청한 짓은 무당을 파멸로 이끌 뿐이다."

허탈하게 누워 있던 무진자가 욱하는 마음에 고개를 들려 했다.

촥! 데굴데굴!

그러나 그가 고개를 들기도 전에 목이 베여나가며 아무 말도 할 수가 없었다.

천마는 누군가를 동정하는 성격의 소유자가 아니었다.

단지 그는 세뇌가 통하지 않는 부활자들이 어째서 혈교를 따르는지 궁금했을 뿐이다.

"다시 따라가 보실까."

슉!

천마가 경공을 펼치려고 하는 차에 누군가가 그의 옆을 스쳐 지나갔다.

뒷모습을 바라보니 백발에 푸른 정복을 입고 있는 노인이었다.

"검황?"

그를 앞서 가고 있는 것은 다름 아닌 검황이었다.

천마를 따라잡은 검황은 먼저 혈교를 따라잡겠다는 일념하에 빠른 경공술을 보여주고 있었다.

"성벽 쪽이 정리된 건가?"

그렇다고 하기에는 아무런 기척이 느껴지지 않는 것을 보니 혼자 온 듯했다.

그것만으로도 천마는 그가 마교에게 모든 공적을 뺏기지 않으려고 한다는 것을 유추할 수 있었다.

'다 늙어서 공명심이 강하군.'

고개를 절레절레 흔들며 천마 역시 경공을 펼쳐 뒤를 따랐다.

앞서 경공을 펼치고 있는 검황의 눈에 멀리서 혈교인들이 높은 산봉우리가 밀집된 산으로 들어가는 것이 보였다.

한 가지 이상한 점이 있다면 산개하듯이 퍼지는 것이 아니라 오열을 갖춰서 질서정연하게 산으로 진입하고 있었다.

'뭐지?'

의아하게 여길 무렵 그의 뒤로 누군가 바짝 쫓아왔다.

옆을 바라보니 천마였다.

'본좌가 앞서서 갔는데 이를 따라잡다니 경공 실력도 보통이 아니구나.'

거리가 상당히 떨어져 있었는데 그것이 바로 따라잡히니 내심 감탄이 흘러나왔다.

"어떡할 참이오?"

천마의 눈에도 저들이 질서정연하게 한 곳으로 들어가는 것이 보였다.

아무래도 산봉우리로 흩어져서 추적을 분산시키려는 목적

이 아니라 무언가 숨겨진 것이 있는 듯했다.

"뭘 어떡해, 따라잡아야지?"

"허어."

그렇게 말한 천마는 더욱 경공에 박차를 가했다.

매번 볼 때마다 느끼지만 천마가 내뱉는 특유의 거친 말투가 마음에 들지 않는 검황이다.

경공에 박차를 가하던 두 사람은 이윽고 혈교의 잔당들이 도망친 산의 입구에 도달했다.

높은 산봉우리가 많은 이곳은 산세가 험해서 인적이 드물었다.

"흔적이 고스란히 남아 있군."

"이 많은 흔적을 지우는 것도 힘들지 않겠나."

평소의 혈교라면 흔적을 지우면서 이동했겠지만 퇴각하는 중이었기 때문에 이것까지는 세세하게 챙길 수가 없었다.

천마와 검황은 수많은 발자국이 이동한 흔적들을 따라서 산으로 들어갔다.

'역시 그냥 무작정 도망친 것이 아니군.'

혈교의 퇴각 경로를 따라 들어가면서 느낀 것이다.

그들은 일정한 방향으로 산 깊숙이 들어가고 있었다.

이만 명에 이르는 대규모의 인원이 이동한 것이기에 수풀이 밟히고 작은 나무들이 부러져 넓은 길을 형성해 추적하기는 수월했다.

한참을 흔적들을 따라가던 차였다.

천마가 날카로운 눈매로 전방에 있는 거목들을 응시하면서 중얼거렸다.

"매복이로군."

"흠!"

천마의 말에 검황 역시도 숨어 있는 기척을 발견했는지 망설임 없이 그곳을 향해 검기를 날렸다.

촤촤촤촤악!

검황의 검기가 거목의 위쪽으로 뻗어나가자 높은 고지의 수풀이 흔들리면서 숨어 있던 인영들이 그 모습을 드러냈다.

녹색 복면에 녹색 옷을 입고 있는 수십 명의 인원은 백팔대 중 하나인 암무대였다.

그들은 은신에 능한 자들로 아군의 퇴각을 돕고 기습을 행하기 위해 나무 위에 숨어 대기하고 있었다.

그러나 그들이 기습을 행하기에는 상대의 무위가 너무 높았다.

'이렇게 빨리 알아채다니. 큭.'

"쳐라!"

"충!"

기습이 실패했으니 공격만이 남아 있을 뿐이다.

암무 대주의 외침에 녹색 복면의 암무대가 일제히 천마와 검황을 향해 합공을 가했다.

"동료를 위해 희생하는 것이냐. 어리석은 선택이로다."

달려드는 암무대를 바라보며 검황이 혀를 찼다.

무림에서 다섯 손가락 안에 꼽히는 두 고수를 상대로 이 정도의 전력으로 막으려 한다는 것은 어리석음 그 자체였다.

챙!

검황이 창천검을 뽑아 유성검법에서 가장 광범위한 초식인 성검만개(星劍滿開)를 펼쳐 단숨에 암무대 여섯 명의 목을 베었다.

차차차악!

그것이 끝이 아니었다.

"컥!"

검황이 검을 휘두를 때마다 비명과 함께 바닥에 쓰러지는 이들이 속출했다.

동료들이 목숨을 잃었지만 그들은 어떠한 두려움이나 망설임도 없이 두 사람을 향한 공세를 멈추지 않았다.

"계속 쳐라!"

그들은 합공으로 이들을 쓰러뜨릴 목적이 아니었다.

그저 혈교의 본대가 무사히 퇴각할 수 있도록 시간을 끌어 주는 역할이었다.

"귀찮군."

죽을 각오로 달려드는 그들을 향해 천마가 손을 뻗자 바닥에서 넓은 형태의 검은 운무가 피어올랐다.

"이, 이게 뭐야?"

숲 속 바닥을 뒤덮는 불길해 보이는 검은 운무에 당황한 암무대원들이 이를 피하기 위해 공중으로 뛰어올랐다.

"멍청하긴!"

스르르르! 촤촤촤촤!

천마가 손을 위로 뻗자 바닥에서 올라온 검은 운무가 수십 개의 날카로운 가시로 바뀌어 공중으로 피한 암무대원들의 요혈을 관통했다.

"다, 당장 벗어나라!"

놀란 암무 대주가 외쳤지만 소용없었다.

검은 운무에서 뻗어 나온 가시들이 산개하려는 암무대원들을 무차별적으로 찔러서 죽음으로 몰아넣었다.

'이게 정녕 무공이란 말인가?'

암무대원들을 처리하던 검황조차도 이 알 수 없는 힘에 경악을 금치 못했다.

현천신공의 십삼 단공인 마기의 유형화가 극을 이루면 적어도 절정 이하의 고수 정도는 유형화된 마기만으로도 제압할 수 있었다.

아직 대연경에 오르지 못한 검황이 이해할 수 있는 선상은 아니었다.

"이제 네놈이 마지막이로군."

천마가 유일하게 살아남은 암무 대주를 바라보았다.

사방을 잠식한 마기는 끝없는 심연과도 같은 어둠을 가져 왔다.

'이, 이자는 정녕 괴물이다. 어찌해 볼 수 있는 자가 아니야.'

알 수 없는 천마의 괴물 같은 능력에 공포심을 느낀 암무 대주는 뒤도 돌아보지 않고 도주를 시도했다.

"어딜!"

검황이 이를 검기로 없애려 하자 천마가 제지했다.

"잠깐!"

"왜 그러는 것인가?"

"저놈을 따라가면 더욱 수월하게 추적할 수 있을 것 같은 데."

천마의 말대로 암무 대주가 도망치는 경로는 바닥에 남겨 진 혈교의 퇴각 흔적과 동일했다. 그를 따라간다면 혹시나 있 을 함정을 파악하는 데도 도움이 될 것이다.

"그렇군."

챙!

천마의 의견에 동의한 검황이 창천검을 검집에 집어넣고 경공을 펼쳤다.

그들은 도망치는 암무 대주를 따라서 빠르게 이동했다.

일부러 눈치채지 못하게 거리를 벌려 속도를 맞추며 추적하던 찰나, 암무 대주가 바닥에 남겨진 흔적들과 다른 쪽으로 방향을 틀었다.

[방향이 다르지 않나?]

의아해하는 검황의 전음에 천마가 암무 대주가 방향을 튼 쪽을 가리켰다.

[바닥의 흔적은 어쩌려고 하나?]

[보면 모르겠나? 이건 가짜 길이다.]

천마의 말대로 바닥의 흔적이 이어지는 곳은 지금까지와는 다르게 수풀이 밟혀 열린 길이 일정하지가 않았다.

수많은 인원이 이동하게 된다면 수풀의 풀이 밟혀서 납작해지지만 한 번 정도만 밟아서는 쉽게 죽지 않고 다시 서게 된다.

결론은 일부러 추적하는 자들을 속이기 위해 가짜 길을 만든 것이었다.

천마의 전음대로 암무 대주가 방향을 튼 곳을 추적하자 우거진 수풀의 뒤편에 다시 수많은 인원이 지나간 길이 나타났다.

'허어, 정말 똑똑한 자로군.'

검황은 천마의 뛰어난 안목과 머리에 내심 감탄을 금치 못했다.

무공이 뛰어난 것도 모자라서 이 정도의 혜안을 가진 자는 처음 접해보았다.

'정말 위험해.'

어쩌면 혈교보다도 더욱 위험한 자는 천마일지도 모른다는 불길함이 마음 한구석에서 피어오르는 검황이다.

암무 대주와 일정한 간격을 맞춰서 추적하던 그들은 어느 한 지점에서 그를 놓치고 말았다.

정확히 말하면 놓친 것이 아니라 사라졌다고 봐야 했다.

솨아아아아!

부채 모양의 거대한 물줄기가 떨어지면서 나는 시원한 소리가 그들의 귀를 때렸다.

그들의 눈앞에 거대한 폭포수가 보였다.

큰 계곡을 이루고 있는 폭포수가 떨어지며 생긴 하얀 입자가 사방으로 퍼져 나가며 안개처럼 시야를 가렸다.

"흔적이?"

산 깊숙이 있는 계곡으로 들어오면서 폭포수 앞에서 퇴각의 흔적이 끊겼다.

검황이 의아했는지 기감을 열고 주변을 둘러보았다.

폭포수가 떨어지면서 자연적으로 생겨난 거대한 기의 파동이 주변의 기척을 감지하는 것을 방해했다.

"기척을 감지할 수 없네."

암무 대주의 기척을 포착할 수 없기에 검황이 약간은 민망한 표정으로 읊조렸다.

하지만 천마는 달랐다.

'여기서 흔적이 끊겼다는 건 숨겨진 뭔가가 있단 소리지.'

수십 년에 걸쳐서 준비 과정에 공을 들인 혈교이다.

퇴로를 준비하는 것에도 허술할 리가 없었다.

천마 역시도 기감을 열었을 때는 폭포가 떨어지면서 생겨난 물결 같은 기의 파동 때문에 무언가를 발견하는 것이 힘들었다.

하지만 만물과 감응하는 원영신을 개방한다면…….

우웅!

천마의 두 눈에 거대한 폭포의 이면에 숨겨진 거대한 공동이 보였다.

절곡에서 발견한 공동의 위치와 흡사했다.

그동안 저들의 흔적을 찾을 수 없던 것은 이런 식으로 기를 감지하는 것까지 세밀하게 방비했기 때문일지도 몰랐다.

'지하인가.'

공동에는 동굴이 있었고, 어딘가로 연결되어 있었다.

원영신으로 모든 것을 볼 수 있다면 좋겠지만 만물을 투영하는 것은 불가능했다.

휙!

"엇? 이보게."

천마가 말없이 폭포수를 향해 경공을 펼치자 검황이 눈살을 찌푸렸다.

말릴 틈도 없이 천마는 이미 폭포수를 통과했다.

아무것도 발견하지 못한 자신과 달리 천마가 대체 무엇을 발견했는지 의아해졌다.

"별수 없구만."

검황 역시 천마의 뒤를 따라서 폭포수로 경공을 펼쳤다.

호신강기를 몸에 둘러서 폭포수에 몸이 젖는 것을 방비한 채 그 내부로 들어갔다.

탁!

"호오, 폭포수 뒤에 이런 공동이 있었나?"

놀랍게도 폭포수 뒤편에는 넓은 공동이 자리하고 있었다.

작게 말했는데도 공동 전체가 울렸다.

이 정도 규모라면 수많은 인원이 오고 가더라도 불편함이 없을 정도였다.

"역시인가."

공동 전체를 이리저리 둘러보는 검황과 달리 천마는 바닥을 살피는 중이었다.

폭포 뒤편에 있는 바닥에는 수많은 발자국으로 땅이 파여 수많은 인원이 이곳을 지나갔다는 것을 알 수 있었다.

"허어, 이런 식으로 숨어서 이동한 거로군."

지금까지 이런 거대한 집단의 움직임을 발견하지 못한 이유를 이제야 알 것 같았다.

공동의 안쪽으로 진입하니 지하로 이어지는 동굴이 존재했다.

'확실히 이 정도 크기라면 대규모의 인원이 이동할 수 있겠군.'

절곡에서 본 동굴보다도 훨씬 큰 규모였다.

과연 이 동굴이 어디까지 이어져 있을지 모르겠지만 분명 혈교의 근거지가 최종 목적지임은 틀림없었다.

"안으로 들어가 보세나."

혈교인들이 이곳을 통과했음이 명확해지자 검황이 먼저 앞장서서 동굴 안으로 들어갔다.

그 뒷모습을 보면서 천마는 자신도 모르게 예전 일이 떠올랐다.

천 년 전, 검선과 함께 혈교와 전쟁을 치르던 시기에도 이런 식으로 함께 적의 근거지를 친 적이 있었다.

'그놈의 후예이긴 한가 보군.'

외모에서부터 성격까지 모든 것이 달랐지만 옛 호적수를 떠오르게 만드는 검황이었다.

천마도 그 뒤를 따라서 동굴로 들어갔다.

절곡에서 들어간 동굴과 달리 사람이 머무는 곳은 아니었기에 지하로 내려가는 동굴은 점차 어두워져서 빛 한 점 들어오지 않았다.

휘이이이!

희미하게 바깥으로 빠져나가는 바람의 유동으로 동굴이 이어지는 길을 짐작할 수 있을 뿐이다.

"이렇게 어두워서야."

동굴에는 횃불을 만들 나뭇가지조차 없었다.

결국 검황이 창천검에 내공을 불어넣은 후에야 새하얀 빛으로 주변을 밝힐 수 있었다.

"쓸데없는 내공 낭비를 하는군."

천마의 비아냥거리는 소리에도 검황은 아무 반응 없이 동굴을 따라 경공을 펼쳤다.

동굴 내부에 어떤 함정이나 위험이 도사릴지도 모르는 마당에 내공을 아낄 필요가 없었다.

얼마나 달렸을까.

차갑고 음침한 동굴은 꽤나 깊은 지하까지 이어져 있었다.

한참을 경공을 펼치고 달리던 천마와 검황의 기감에 드디어 무언가가 잡혔다.

그것은 기감이 아니더라도 동굴 전체를 울리는 흔들림만으로도 충분히 알아챌 수 있을 정도였다.

쿠르르르르르!

[그들이 틀림없네.]

수많은 인원이 이동하면서 울려 퍼지는 진동이었다.

이런 동굴에서는 수십 명의 인원이 이동하는 것만으로도 진동이 생기는데 만 명이 넘는 대규모의 군세가 이동하니 더욱 선명하게 느껴졌다.

슉!

천마와 검황이 그들을 따라잡기 위해 빠르게 경공을 펼쳤다.

검황이 들고 있는 창천검의 빛 때문에 그들이 이동하는 모습이 마치 번개가 요동치는 것만 같았다.

점차 진동에 가까워지는 차였다.

멀리서 횃불로 보이는 빛이 보였다.

"저기로군."

검황이 더욱 공력을 끌어 올려 횃불을 향해 경공을 펼쳤다.

그러나 횃불에 다가갔을 무렵, 갑작스럽게 날아오는 수많은 검기로 인해 경공을 멈춰야만 했다.

"이런!"

채채채채챙!

검황이 날아오는 검기를 전부 창천검으로 쳐냈다.

자리에서 멈춰 선 순간 검황은 백여 명에 이르는 붉은 복장의 혈교 전사들이 진을 치고 있음을 발견했다.

백여 명에 이르는 전사들의 검이 붉은 빛의 검기를 발하고 있었다.

그들의 한가운데에는 얼굴에 독특한 문신을 하고 있는 사내가 있었는데, 혈교의 백팔 대주 중의 한 명인 몽무 대주였다.

'벌써 여기까지 쫓아오다니, 지독한 놈들.'

천 년 전, 구 무림 십대 고수 중의 한 명인 무진자와 기습조인 암무대가 이렇게 빠르게 제압될 줄은 예상하지 못한 혈교였다.

암무 대주가 도망쳐서 이곳까지 오지 않았다면 저들의 추격을 눈치채지 못했을 것이다.

몽무 대주가 검황을 향해 검 끝을 겨누며 소리쳤다.

"이곳까지 쫓아오다니 죽고 싶어 안달이 났구나!"

몽무 대주의 외침에 검황이 한쪽 눈썹을 치켜 올리며 말했다.

"본좌를 상대로 그런 허세가 통할 것 같나?"

"이게 허세로 보이나?"

검기를 쓸 수 있는 절정의 고수 백 명이 앞을 가로막고 있다.

검황이 현경의 극에 이른 절대 고수라고는 하나 이들을 한꺼번에 상대하는 데는 상당한 시간이 소요될 것이다.

"본좌만 그대들을 쫓아왔을 것 같나?"

검황의 의미심장한 말에 몽무 대주를 비롯한 몽무대의 전사들이 긴장된 얼굴로 어둠 속을 바라보았다.

'뭐지?'

자신을 바라볼 때보다도 더욱 두려워하는 그들의 시선에 검황이 의아해했다.

어둠 속을 가르고 횃불이 일렁이는 빛으로 걸어 들어오는 천마의 등장에 몽무 대주가 분노와 두려움이 섞인 목소리로 소리쳤다.

"천마, 네놈은 끝까지 우리의 대업을 방해하는구나!"

'천마?'

검황은 순간 자신의 귀를 의심했다.

무림을 살아가는 무인 중에 그 이름을 모르는 이가 누가 있겠는가.

마도의 종주이자 마교의 시조인 천마.

그런데 그는 천 년 전에 활동한 전설적인 무인이었다.

'본좌가… 알고 있는 그 천마를 말하는 것인가?'

그의 영원한 호적수이던 검선의 후예인 검황은 사문의 시조보다도 훨씬 동경하던 인물이 바로 천마였다.

무림에서 최강의 단일 세력을 구축하고 절대적인 무인으로 현재까지도 그 위명이 널리 알려진 천마처럼 되고 싶었다.

그렇기에 젊은 시절부터 무림 일통에 관한 꿈을 키워온 것이기도 했다.

검황이 떨리는 눈빛으로 천마를 바라보았지만 그의 동공에는 죽은 자들이 부활했다는 증거인 붉은 안광이 보이지 않았다.

'죽은 자가 부활한 것이 아니라면 대체 이자에게 왜 천마라고 부르는 것이지?'

아무리 절대적인 무공을 지닌 무인이라도 천 년을 살아갈 수는 없다.

오래 살아봐야 백 년에서 백오십 년 정도가 한계이다.

혼란스러워하는 검황의 심경을 아는지 모르는지 천마는 심드렁한 표정으로 몽무 대주에게 말했다.

"그러게 누가 네놈들더러 지옥에서 기어 오라고 했나?"

"빌어먹을 놈!"

"헛소리 지껄이지 말고 바쁘니까 덤벼라."

천마가 오만한 표정으로 그들에게 손짓하자 노기가 치솟은 몽무 대주가 입술을 질끈 깨물며 소리쳤다.

"누가 네놈을 이곳에서 보내줄 것 같으냐?"

"말이 많군."

천마가 검지를 들어 앞으로 긋자 날카로운 예기가 몽무 대주에게 쇄도했다.

무형화된 검기였지만 천마의 행동 하나하나를 예의 주시하고 있던 몽무 대주는 그것이 자신을 향한 공격이라는 것을 금방 알아챘다.

챙!

"큭!"

몽무 대주가 검으로 검기를 막아냈으나 뒤로 밀려났다.

화경의 경지에 오른 그와는 격이 다른 공력이었다.

'역시 무공으로는 당해내지 못하겠군.'

처음부터 몽무 대주는 이곳을 추격하는 자들이 천마와 검황이라는 것 정도는 알고 있었다.

삼혈로를 비롯한 팔신장도 어쩌질 못하는 자들을 자신들이 어찌 막겠는가.

하지만 그들의 목적은 단순히 시간을 지체시키는 것이 아니었다.

천마의 눈이 이채를 띠었다.

'뭔가 꿍꿍이가 있군.'

그의 검기에 당했는데도 뭔가를 노리는 것인지 눈빛이 살아 있었다.

만약 정말로 숨겨둔 비장의 수가 있다면 그것을 실시할 틈을 주지 않으면 된다.

천마가 양손을 뻗자 사방에서 검은 운무가 일어났다.

"실시해라!"

"충!"

심상치 않은 검은 운무에 당황한 몽무 대주가 다급한 목소리로 외쳤다. 그러자 백여 명에 이르는 몽무대가 사방으로 산개했다.

검황이 자신을 향해 돌진해 오는 몽무대원을 향해 검을 휘둘렀다.

수십 명이나 되는 몽무대원들은 그를 그대로 통과해 동굴의 뒤쪽으로 포진했다.

'뭐지?'

천마가 인상을 찌푸렸다.

공격진을 펼쳐서 합공하리라는 예상과 달리 백여 명의 몽무대원이 사방으로 산개해서 동굴 전체에 자리를 잡았는데, 그 위치가 워낙 중구난방이었기 때문에 특별한 진법으로 보이진 않았다.

씨익!

몽무 대주의 입꼬리가 올라갔다.

그 표정에서 끝없는 강렬한 악의가 느껴졌다.

'뭔가가 있군. 술수를 펼치기 전에 손을 써야겠어.'

우우우웅!

천마가 양손을 움직이며 휘젓자 사방으로 퍼져 나간 검은 운무가 빠르게 소용돌이치듯이 움직이더니 날카로운 가시처럼 바뀌어 산개한 몽무대원들을 향해 뻗어나갔다.

그러나 여기에서 예상치 못한 일이 일어났다.

'응?'

방어를 하거나 검은 운무의 가시를 피할 거라 생각한 몽무대원들이 장렬한 눈빛으로 가만히 공격을 받아들이는 것이 아닌가.

푸푸푸푸푹!

"크헉!"

"컥!"

순식간에 수십 명이나 되는 몽무대원이 몸이 관통되어 바닥에 쓰러졌다.

그런데 바닥에 쓰러진 몽무대원들의 몸에서 무언가가 깨지는 소리가 들려왔다.

쨍그랑! 치지지지지!

깨지는 소리와 함께 뭔가 타는 듯한 소리도 들려왔다.

천마의 두 눈이 커졌다.

몽무 대주가 걸려들었다는 듯이 통쾌하게 웃으며 외쳤다.

"쿠하하하하하핫! 여기가 네놈의 무덤이다, 천마!"

그 순간 죽은 몽무대원의 시신에서 매캐한 연기가 피어오르더니 이내 붉은 빛과 함께 강렬한 폭발이 일어났다.

콰콰콰콰콰쾅!

75장
재앙

혈교의 각 대주들은 중원의 각 거점 별로 활동하는 것과 마찬가지로 혈교 내에서 맡은 분야가 달랐는데, 독과 폭약을 관리하고 연구하는 이가 바로 몽무 대주였다.

혈교의 잔존 병력이 일사불란하게 무림맹의 동문으로 퇴각하는 와중이었다.

대다수의 혈교의 부대가 동문을 나왔을 무렵 혈교의 본 단과 혼이 연결되어 있는 복면인이 갑자기 몽무 대주를 찾았다.

복면인은 본 단에서 내려온 지령을 몽무 대주에게 알렸다.

[위대하신 그분께서 명을 내리셨다. 대주에게 본 교의 숙적

을 처리할 수 있는 기회를 제공하려 한다.]

[충!]

[이를 위해서 귀 대주와 몽무대의 희생이 필요하다.]

'희생?'

그분의 명은 누구도 거역할 수 없었다.

복면인이 전하는 모든 것은 혈뇌의 작전이다.

혈뇌는 사전에 전쟁의 사령부인 삼혈로에게는 퇴각 작전을 알렸다고 했다.

전쟁에서 승리한 무림맹과 마교에선 반드시 퇴각하는 그들을 추적할 것이기에 이를 대비해서 시간을 지체시켜 줄 작전과 희생원들을 정했다.

혈뇌는 강시들과 구 무림의·고수들을 일부 희생시켜서 잔존 병력을 전부 희생시킬 방법을 마련했지만 이것이 유일하게 단 한 사람에게는 통하지 않을 거라 했다.

[천마 그자가 만약에 끝까지 쫓아온다면 깊은 지하까지 유인하여 통로를 폭발시켜 무너뜨려라.]

[⋯충!]

통로를 무너뜨리라는 것은 그들의 희생을 전제로 하는 작전이었다.

하지만 확실하게 천마를 처리하기 위해서는 그 방법이 가장 효과적이긴 했다.

아무리 괴물 같은 천마라고 할지라도 백 개의 폭탄이 터지는 것과 통로가 무너지면서 땅속 깊숙이 지반이 내려앉는 것만큼은 어쩔 수 없을 것이다.

쾅쾅쾅쾅! 화르르륵!

쓰러진 몽무대원들의 시신에서 일어난 폭발이 몽무 대주의 전신을 뒤엎었다.

'지옥에서 보자, 천마.'

목적을 달성한 것에 만족한 몽무 대주가 미소를 지으며 폭발 속에 산화했다.

가장 위력이 강한 폭발 시약병 수십 개를 온몸에 두르고 다니던 몽무대원들의 시신이 일으킨 연쇄적인 폭발의 위력은 가히 상상 이상이었다.

한 명이 일으킨 폭발력도 그 범위가 건물 하나는 통째로 보내 버릴 정도였는데, 백 명이 동시에 폭발을 일으켰으니 지하 통로가 수라 지옥이 되는 것은 당연했다.

"이런 젠장!"

천하의 정점이라 불리는 검황의 입에서 거친 소리가 튀어나왔다.

'이래서 뒤쪽의 위치까지 점했구나!'

경공으로도 피할 수 없을 만큼 촉박했다.

폭발이 일어나는 순간 신형을 뒤틀어 피하려 하던 검황은 앞뒤 할 것 없이 긴 통로 전체에 폭발이 일어나자 얼굴이 경악으로 물들었다.

콰콰콰콰콰쾅!

폭발로 인해 일어난 성난 불꽃이 지옥의 불길처럼 지하 통로 전체를 메웠다.

검황은 짧은 찰나에 십 성 공력을 일으켜 최대 위력의 호신강기를 펼쳤다.

'막을 수 있을까?'

아무리 검황이라고 해도 한 번도 폭발에 맞서서 호신강기를 펼쳐본 적이 없었다.

다행스럽게도 폭발의 불꽃이 아무리 강렬하다고 하나 현경의 극에 이른 검황이 만들어낸 호신강기를 꿰뚫기는 역부족이었다.

콰콰콰쾅! 파팍!

하지만 사방에서 일어나는 폭발의 여파에 검황이 튕겨 나갔다.

폭발의 거대한 소음으로 인해 귀가 찢어질 것 같고 도무지 정신을 차릴 수 없었다.

"크허어어어억!"

원으로 이루어진 호신강기 안에 있는 검황이 지하 통로 벽에 튕겨지듯이 이리저리 휩쓸리는 사이, 천마는 전혀 다른 방

식으로 이를 막아내고 있었다.

쇄아아아아아!

검은 운무가 천마의 주변을 에워싸 사방에서 일어나는 폭발의 위력을 막아냈다.

호신강기와 다르게 검은 운무는 폭발을 막는 것뿐만이 아니라 오히려 상쇄시키고 있었다.

"제법 머리 썼군, 혈뇌."

이런 악랄한 계획이 누구의 머릿속에서 나왔는지는 뻔했다.

한 사람을 죽이기 위해 이런 말도 안 되는 발상을 할 만한 자는 오직 혈뇌뿐이었다.

끼리리리릭!

"젠장!"

검은 운무를 두른 천마는 조금이라도 움직여 보려 했으나 마음뿐이었다.

몽무대원의 죽은 시신 한 구가 가지고 있는 폭발 시약이 수십 병이었기에 연쇄적으로 폭발이 일어나 천마조차도 함부로 움직일 수 없게 만들었다.

콰콰콰콰쾅!

폭발로 인해 그를 두르고 있는 검은 운무가 안쪽으로 울룩불룩하게 들어올 정도였다.

발걸음을 옮기기는커녕 폭발을 막는 것이 최대 한계였다.

그의 이마를 적시는 식은땀만 보더라도 얼마나 많은 마기와 심력이 소모되는지 알 수 있었다.

그런데 문제는 이 폭발만이 아니었다.

쿠르르르르르르!

폭발 못지않게 바닥의 지반이 심하게 흔들리기 시작했다.

이곳 지하 통로는 인위적으로 만들어졌기 때문에 폭발과 같은 큰 충격을 가하면 무너질 수밖에 없다.

파파파팍!

폭발뿐만이 아니라 통로의 천장이 부서지기 시작하면서 잔해가 떨어졌다.

검은 운무에 부딪치는 것이 느껴졌다.

천 년 만에 무림에 출도한 이래 처음으로 목숨의 위기를 느낀 천마의 눈빛이 심각해져 갔다.

폭발이야 가만히 견디면 되었지만 이 깊은 지하 통로가 무너져 내린다면 그 엄청난 지층, 지반의 무게를 감당해야 하는데 그것은 인간이 감당할 수 있는 수준이 아니었다.

'폭발이 잦아드는 순간이 답인데.'

모든 통로가 무너지는 마당이라 출구는 없었다.

유일한 방법은 위를 뚫고 올라가는 것뿐이었다. 하지만 그러기에는 깊은 지하까지 내려온 상태였고 지반이 내려앉는 그 힘의 반동마저 이겨내 올라가야 했다.

파팡!

원영신이 열려 있는 천마의 눈에 호신강기를 펼치고 있는 검황이 폭발에 이리저리 튕겨 나가는 모습이 보였다.

굉음과 어지러움으로 검황은 중심을 잡기조차 힘들어 보였다.

그런 검황의 귀로 천마의 전음이 들려왔다.

[검황.]

'크으으으으!'

검황은 전음으로 뭔가 답변을 하고 싶었지만 폭발에 이리저리 튕겨 나가느라 천마의 위치조차 파악하기 힘들었다.

[말하기 힘들다면 듣기만 해라. 짧게 얘기하지. 살고 싶다면 협조해라.]

천마의 말에 검황은 사태의 심각성을 더욱 인지할 수 있었다.

사실 이런 상황에서는 대라신선이 나타난다고 한다고 해도 살아남을 수 있을지 장담할 수 없을 만큼 위태로웠다.

[폭발이 그치면 지하 통로가 무너져 내려앉는다. 여기서 네가 협조하지 않는다면 둘 다 이 깊은 땅속에 매장당하게 될 거다.]

검황이 아무 말도 못하는 것이 답답하긴 했지만 명색이 오황이라는 칭호를 가진 고수인데 알아듣지 못할 거라곤 여기지 않았다.

[내가 네 녀석과 내 몸을 보호해서 지상으로 올라갈 테니 네놈은 무조건 전력으로 검강을 펼치고 있어라. 단, 지상으로 올라갈 때까지 무조건 견뎌야 한다.]

'뭐?'

얼마나 황당했는지 검황이 어안 벙벙해했다.

천마의 방법대로라면 무너져 내리는 지반의 무게를 견뎌내고 천마가 검은 운무를 둘러서 지상으로 오를 거라는 말인데, 이런 위기의 상황이 아니라면 도무지 떠올리기 힘든 무식한 방법이었다.

'별수 없구나. 천운에 맡겨야 하나.'

하지만 그 외에는 어떠한 방법도 없기에 호신강기 속에서 검황이 고개를 끄덕였다.

쾅쾅쾅콰콰콰콰!

몽무대원이 가지고 있는 폭발 시약이 다 떨어졌는지 점차 폭발이 수그러들고 있었다.

폭발이 수그러드니 당연히 약해진 통로의 천장 지반이 무너져 내리려 했다.

폭발이 약해지면서 드디어 움직일 수 있게 된 천마가 검황에게로 경공을 펼쳤다.

[호신강기를 거둬라!]

천마의 전음을 들은 검황은 재빨리 전신에 두르고 있던 호신강기를 해제했다.

그 순간 천마가 그를 낚아챘다.

탁!

검황을 낚아챈 천마가 두 손을 펼치자 그들의 주위에 검은 운무가 견고한 형태의 보호막을 만들어냈다.

콰르르르르!

"도, 동굴이 무너지네!"

재앙이 일어난 듯 천장에서 들려오는 엄청난 굉음에 검황이 위를 가리키며 외쳤다.

짜 맞춘 것처럼 천장의 지반이 내려앉으며 통로가 붕괴되기 시작했다.

워낙 소음이 컸기에 천마가 검황을 향해 큰 소리로 외쳤다.

"위로 검강을 펼쳐라, 검황!"

천마의 외침에 검황은 창백해진 얼굴로 창천검을 위로 뻗어 검강을 펼쳤다.

대자연의 기운까지 끌어들여서 전력으로 공력을 주입하자 삼 장 가까이 거대한 검강이 형성되며 천장으로 뻗어나갔다.

콰르르르르릉!

한 번 무너진 천장은 한 호흡 만에 지하 통로를 사라지게 만들었다.

파르르르르!

"헉! 헉!"

위로 검강을 뻗는 것만으로 무너진 지반의 엄청난 무게가 전신으로 느껴지는 검황이다.

인간이 아무리 강해진다고 한들 자연 앞에서는 한낱 먼지에 불과하다는 것을 인지하게 만들어주었다.

'이자는 정녕 괴물인가?'

놀라운 것은 자신은 그저 위로 검강을 뻗고만 있어도 기진맥진할 것 같은데 천마는 지반이 무너지는 힘을 버텨내고 위로 올라가고 있었다.

유형화된 마기인 검은 운무 보호막은 빠르진 않지만 조금씩 위로 올라가고 있었다.

하지만 여기서 둘 중 한 명이라도 기운이 소진되거나 실수하게 된다면 그대로 땅속에 파묻히고 말 것이다.

한편, 천마가 폭포수 안으로 들어간 것을 확인한 파란 가면의 이석은 숲 속을 벗어나 최대한 빠르게 서쪽을 향해 달렸다.

'지하 통로를 붕괴시킨다면 이 근방 전체가 함몰되겠지.'

아마 지하 통로로 퇴각하고 있는 혈교의 잔존 본대 역시도 서두르고 있을 것이다.

한참을 경공을 펼치던 이석의 눈에 서쪽 편에서 빠르게 진군해 오는 무림맹, 마교 연합의 군세가 보였다.

'빠르기도 해라.'

그의 생각대로 무림맹의 성 동문에 있는 강시들과 구 무림의 고수들은 예상보다 빠르게 제압되었다.

천마와 검황이 퇴각하는 혈교의 잔존 세력을 쫓는 것을 본 그들은 서둘러 병력을 추슬러서 동쪽 능선 너머까지 넘어왔다.

혹시나 모습을 들킬까 싶어 이석은 최대한 몸을 낮춰서 북서쪽으로 이동했다.

"이쪽이다! 서둘러라!"

"와아아아아!"

검황의 첫째 제자이자 무림맹 측의 부사령관을 맡고 있는 종현의 외침에 정파의 무사들이 경공에 박차를 가했다.

'조사 어른이 무사하셔야 할 텐데.'

마교 측 역시도 천마에 대한 신뢰감이 높지만 혼자서 그 많은 적을 쫓은 것이기에 내심 불안했는지 추격을 서둘렀다.

그렇게 서두르던 양측의 군세는 미처 산에 도착하기 전에 멈춰야만 했다.

멀리서 숨어 이를 지켜보는 이석의 입가에 미소가 피어올랐다.

"드디어 시작되었다."

콰르르르르르!

갑작스럽게 땅이 심하게 흔들리며 지진이 일어났다.

"이, 이게 대체 무슨 일이야?"

"지진이닷!"

"바, 바닥이 갈라진다! 모두 피해라!"

심하게 지축이 흔들리자 이윽고 바닥의 지반이 갈라지기 시작했다.

놀란 양측의 무사들이 소리를 지르며 경공을 펼쳐 지반이 무너지는 곳을 피해 도망쳤다.

그러나 워낙 광범위하게 흔들려서 벗어날 방법이 없었다.

심하게 흔들리던 지반은 갈라지다 못해서 이윽고 바닥이 붕괴되면서 내려앉기 시작했다.

콰르르르릉!

"으아아아악!"

"사, 살려줘어어!"

아비규환의 비명이 사방에서 터져 나왔다.

지반이 붕괴되는 반경이 어찌나 광범위했는지 경공을 펼치며 도망치던 무사들의 일부가 붕괴된 지반으로 떨어져 버렸다.

"안 돼!"

전쟁에서 내상을 입은 개방의 장로 오걸개가 경공을 펼치다 발을 헛디뎌 붕괴되는 지하로 떨어지고 말았다.

"오, 오걸개 장로니이이이임!"

개방의 방도들과 장로들이 나서서 그를 구해보려 했지만 내려앉는 지진 앞에서는 모두가 무력했다.

자연의 대재앙에 양측의 고수들도 어쩔 도리가 없었다.

각자가 살아남기 위해 이리저리 경공을 펼치며 무너져 내리는 지반을 피해야만 했다.

"어찌 이런 일이……?"

눈으로 보고도 믿기지 않을 광경이었다.

멀리서 보이는 거대한 산봉우리의 일부도 지반이 무너지는 영향권에 있었는지 흔들거리면서 밑으로 내려앉고 있었다.

"스승님!"

경공으로 이리저리 꺼지는 지반을 피하는 종현의 얼굴이 사색이 되었다.

분명 스승인 검황이 혈교를 쫓고 있을 터인데 무슨 사달이라도 일어났을까 두려웠다.

그것은 마교의 교주인 천극염을 비롯해 다른 장로들도 마찬가지였다.

"혀, 혈교 놈들의 농간이란 말인가?"

"조사 어른이 분명 저곳에 있을 터인데……."

천마의 뛰어난 무공 실력이라면 별일이 없을 거라 생각하면서도 이런 대재앙 같은 지진에 휩쓸리지나 않았을까 걱정이 될 수밖에 없었다.

하지만 지금으로서는 그들 역시도 재앙에 맞서서 살아남는 데 주력해야 했다.

대재앙같이 일어난 지진은 무림맹과 마교 측의 전력에 큰 타격을 가져왔다.

얼마 지나지 않아 지반이 붕괴되어 땅이 내려앉는 것은 멈췄지만 무공이 낮은 무사들이 땅 밑으로 떨어져 이리저리 고립되는 바람에 구조 현장이 되어버렸다.

혈교를 추적하는 것은 이미 무산된 지 오래였다. 그러기에는 사상자가 너무 많았다.

"저곳에도 있다."

"조심해서 내려가게."

수많은 정마의 고수들이 힘을 합쳐서 구조에 앞섰다.

양대 세력인 무림맹과 마교는 서로의 수장인 검황과 천마의 생사가 걱정되긴 했지만 수많은 부상자들을 그대로 내버려 둘 순 없었다.

'부디 무사하셔야 할 텐데.'

천극염이 쓸쓸한 표정으로 내려앉은 산봉우리를 쳐다보았다.

아무리 마도의 종주이면서 신화적인 존재였지만 이런 대재앙 앞에서는 천마 역시도 한낱 인간일 뿐이다.

한참 땅 밑으로 떨어진 자들에 대한 수색이 진행되는 차였다.

쿠쿠쿠쿠쿠!

"뭐지?"

또다시 땅이 흔들리기 시작했다.

그러나 좀 전과 다르게 몇 평에 불과한 일부만이 흔들렸다.

방금 전에 벌어진 대규모의 지진만으로 수백, 수천의 사상자가 발생했기에 당황한 그들은 진원지에서 거리를 벌렸다.

"앗! 물러나시오! 최대한 물러나시오!"

코앞에서 땅이 갈라지자 놀란 소림사의 원오 선사가 다급하게 소리쳤다.

바로 그때였다.

그들이 물러선 바닥이 갈라지며 파편이 위로 튀어 오르더니 이내 땅 속에서 푸른빛의 거대한 검강이 솟구쳤다.

"이, 이게 대체 무슨 일이야?"

모든 사람의 시선이 한곳으로 모아진 가운데 거대한 검강과 함께 검은 운무로 이루어진 구(球)가 땅속에서 튀어나왔다.

"이건?"

갑작스럽게 일어난 지변도 모자라서 알 수 없는 무언가가 튀어나오자 이를 지켜보는 모든 사람의 얼굴에 긴장감이 돌았다.

땅을 뚫고 튀어나온 검은 운무의 구는 땅 위로 무사히 안착하자 그 형태를 잃었다.

그리고 그 안에서 나타난 두 사람의 모습에 마교인들을 비롯한 정파의 수뇌부들이 일제히 소리를 질렀다.

"조, 조사 어른!"

"맹주!"

그들은 혈교를 먼저 추적하던 천마와 검황이었다.

검은 운무로 몸을 보호하고 있었지만 깊은 지하에서 폭발을 견디고 지반을 뚫고 나온 탓에 몰골이 말이 아니었다.

'대체 무슨 일이 있었기에 맹주와 저자가 땅 밑에서 튀어나온단 말인가?'

모두가 의아해할 수밖에 없었다.

털썩!

천마와 검황이 동시에 털썩 주저앉았다.

가지고 있는 기운을 거의 소진했고 죽음을 극복하기 위해 쏟은 심력 또한 보통이 아니었기에 탈진한 상태였다.

"하아, 하아!"

천마는 온몸이 땀으로 젖어 거친 호흡을 내뱉었다.

천 년 만에 부활한 이래로 가장 긴박하면서도 힘든 순간이
었다.

'빌어먹을 놈.'

다 이긴 판이라고 여겼는데, 마지막에서 와서 뒤통수를 맞
은 셈이다.

단 한 사람을 죽이기 위해 이런 짓거리까지 하리라고는 천
마조차 예상하지 못했다.

검황이 없었고 혼자 땅속에 있었다면 혈교를 없애기도 전
에 저승으로 갈 뻔했다.

어쩌면 이 역시도 천운이라고 할 수 있었다.

"우웩!"

땅 밑에서부터 연쇄적인 폭발로 인해 어지러움을 겪고 있
던 검황은 긴장감이 풀렸는지 속에 있던 것을 올렸다.

그 모습만 보더라도 그들이 얼마나 고생했는지 알 수 있었
다.

"스승님!"

대제자 종현이 급히 달려와 검황을 부축했다.

지반을 뚫느라 진원진기마저 상당히 소모한 검황은 많이
쇠약해진 상태였다.

"스승님! 스승님!"

종현이 그를 수차례 불렀지만 검황은 오히려 두 눈을 감으

며 의식을 잃었다.

"공자, 어서 맹주를 모시게."

곁에 있던 무당파의 태극검왕 현심자의 말에 종현이 고개를 끄덕였다.

쓰러진 검황을 업은 종현은 서둘러 경공을 펼치며 무림맹을 향해 돌아갔다.

"대체 무슨 일이 있었는지 저자에게 물어봐야겠네."

"그러세나."

검황이 쓰러졌으니 내막을 아는 것은 오직 천마뿐이었다.

현심자를 비롯한 정도 문파의 수뇌부들이 천마가 있는 곳으로 다가왔으나 그 주변은 이미 마교의 장로들이 둘러싸고 있었다.

일 장로인 오맹추가 보도를 들어 그들을 가로막았다.

"물러서시오."

"그에게 해를 가하려는 것이 아니네. 단지 상황이 어찌 되었는지 물어보려고… 아!"

현심자의 눈에 장로들에게 둘러싸여 가부좌를 하고 운기를 하고 있는 천마의 모습이 들어왔다.

탈진한 검황 못지않게 현천신공의 십삼 단공을 장시간 동안 사용한 천마 역시 대부분의 마기를 소진했기에 운기조식에 들어갈 수밖에 없었다.

정도 문파의 수뇌부는 난처한 표정으로 서로를 바라보다 결국 물러났다.

동맹 관계라고는 하나 저들과 자신들은 훗날 다시 싸워야 할 운명이다.

'그래도 정마가 손을 잡고 혈겁에서 무림을 지켜냈다는 것은 큰 수확이구나. 원시천존.'

현심자는 입 밖으로 표현하진 않았지만 무림이 하나로 뭉칠 여지를 보았다.

추격하는 와중에 대재앙 같은 지진이 일어나서 수많은 사상자가 발생했지만 양측이 서로가 힘을 합쳐서 피해가 더욱 퍼지는 것을 막았다.

'아쉽구나. 이런 대재앙만 일어나지 않았어도 승리를 만끽했으련만.'

수많은 사상자가 나온 무림맹의 동문 능선 너머는 폐허 그 자체였다.

혈교와의 전쟁에서 마교와 무림맹이 완전한 승리를 거뒀다고 여겼는데, 퇴각을 추적하는 도중에 대재앙이 일어났다.

그 탓에 이것이 정말 완전한 승리인지 의문이 들게 했다.

'만약 이것이 인위적으로 일으킨 것이라면 저들은 천재지변 마저도 일으킬 수 있는 힘을 지녔다는 것이 아닌가?'

부디 그것만은 아니길 바랄 뿐이었다.

만약 그런 힘을 지녔다면 기필코 남은 혈교의 잔당을 처리해야 했다. 그들이 일으킬 수많은 혈겁을 막기 위해서는 말이다.

한편, 무림맹 성 내의 한가운데를 빠르게 가로지르는 인영이 있었다.

"빌어먹을!"

가려진 가면 안에서 거친 목소리가 터져 나왔다.

불만을 내뿜고 있는 파란 가면의 이석은 과감하게도 적진인 무림맹의 성을 가로질러 도주를 시도하고 있었다.

그의 예상대로 성 내에는 일부 무사를 제외하고는 대부분이 자리를 비운 상태였다.

워낙 빠르게 경공을 펼쳤기 때문에 적인지도 모르고 있었다.

"이 사실을 어서 알려야 한다."

그는 몰래 기척을 숨기고 현 상황을 살피고 있었다.

전쟁에서 완전하게 패할 뻔했는데 그 짧은 와중에 세운 혈뇌의 계획은 반전을 넘어 그야말로 경천동지한 일을 만들어냈다.

수십 년에 걸쳐서 그들이 만들어낸 지하 통로를 붕괴시킨다고 했을 때는 이해하지 못했는데 인위적으로 생겨난 엄청난 대재앙에 감탄을 금치 못했다.

덕분에 무림맹과 마교에 수많은 사상자들이 생겨나 그들이 추적은커녕 피해를 수습하기 급급하게 만들었다.

하지만 여기까지는 혈뇌의 계획대로였다.

이것이 완벽해지려면 마교, 무림맹 양대 세력의 수장인 천마와 검황이 깊은 지하에 생매장되어 죽음을 맞이해야 했다.

"괴물 같은 놈!"

설마 그런 대재앙 속에서도 살아남으리라곤 상상도 하지 못했다.

누가 그 두꺼운 지반을 뚫고 나오리라고 예상했겠는가.

아무리 절대 고수라고 해도 대자연 앞에서는 무력해질 수밖에 없는데 이를 극복하고 살아서 돌아왔다.

"알려야 돼. 그렇지 않으면 낭패를 볼 수도 있다."

살아남은 천마는 이 같은 정보를 속여서 무슨 짓을 벌일지 모를 위인이었다.

그전에 혈교의 본 단에 알려야만 했다.

경공을 펼치며 무림맹의 성 내를 가로지르던 파란 가면의 이석의 눈에 부서져서 열려 있는 서문이 보였다.

'다 왔다.'

이곳만 벗어나 서쪽으로 수십 리 정도만 더 가면 숨겨진 지하 통로가 있었다.

원래의 퇴각로였지만 이곳을 사용하지 못했다.

탁!

부서진 서문을 통과한 파란 가면의 이석의 눈앞에 놀라운 일이 일어났다.

"허어……"

서문에는 삼천 구에 이르는 귀강시의 죽은 흔적으로 보이는 엄청난 양의 검은 재와 백 구에 이르는 혈강시의 잘려 나간 시신이 널브러져 있었다.

그런데 이런 죽은 귀강시들의 흔적이 문제가 아니었다.

잔꾀가 많은 파란 가면의 이석조차도 한 가지 예측하지 못한 것이 있었다.

그는 무림맹과 마교의 모든 전력이 동문의 능선 너머로 집결했다고 여겼지만 그것은 오산에 불과했다.

"클클, 여기서 그대를 볼 줄은 몰랐는데?"

특유의 걸걸한 웃음소리를 내고 있는 사장을 짚고 있는 노인이 있었다.

사이하면서도 전율적일 만큼 강렬한 기세를 내뿜고 있었는데, 그는 바로 서독황 구양경이었다.

그뿐만이 아니었다.

백색 털옷에 은발의 여무사들이 수백 명이나 있었는데 그들은 분명 북해빙궁에서 온 자들이 틀림없었다.

하지만 이들 중에서 이석을 가장 곤란하게 만든 자는 따로 있었다.

엄청난 살기를 뿜어대며 그를 무섭게 노려보고 있는 죽립인이 보였는데, 등에 지고 있는 철갑을 보아하니 오황 중에서 열두 보검을 다룬다는 동검귀 성진경이 분명했다.

'저자는 어째서 내게 이런 살기를 보내는 거지?'

처음 마주하는 것 같은데 이런 살기를 보이니 이해할 수가 없었다.

이석은 성문에 포진한 두 명의 오황과 북해 단가의 무사들을 바라보며 어찌할 바를 몰랐다.

하필 도주를 시도한 곳이 범이 아가리를 벌린 곳이었다.

'크윽! 이길 수 없다. 무조건 도망쳐야 한다.'

새로 얻은 육체에 깨달음이 합쳐져 현경의 초입까지 회복하기는 했지만 오황 두 명을 상대로 이길 방법은 없었다.

더군다나 저 서독황은 최상의 상태일 때조차도 어찌해 볼 수 없는 괴물이었다.

탓!

이석이 경공을 펼치기 위해 발을 떼는 순간이었다.

죽립인이 메고 있는 철갑이 갈라지며 그 안에서 열두 개의 보검이 튀어나와 허공을 가로질러 이석의 주변을 포위했다.

어느새 서독황 구양경은 빠른 신형으로 이석이 도망치려

한 서문 입구를 가로막고 있었다.

한순간에 포진되어 버린 이석은 어디로도 도망칠 구멍이 사라져 버렸다.

이에 당황한 이석이 그들을 향해 소리쳤다.

"비, 비겁한 놈들! 네놈들이 이러고도 오황이라고 할 수 있느냐?"

"클클, 비겁한 자들의 우두머리 입에서 비겁하다는 말이 나오니 거참 색다르구만."

비아냥거리는 서독황의 말에 이석은 아무 대답도 하지 못했다.

백타산장을 습격한 것을 꼬집는 말이었기 때문이다.

그때 동검귀로 보이는 죽립인이 이석을 향해 천천히 걸어오며 입을 열었다.

"걱정하지 마라. 그대를 상대하는 것 오직 본인뿐이니."

"흥! 그 말을 누가 믿겠느냐?"

이석의 외침에 성진경이 머리에 쓰고 있던 죽립을 벗어 던졌다.

왜 얼굴을 드러내는지 이해하지 못한 이석이 의아해하는 눈빛으로 성진경을 바라보았다.

그러나 다음에 이어지는 성진경의 살기 넘치는 말에 이석은 경악을 금치 못했다.

"상해에서 내 아내를 독으로 해한 네놈을 찾기 위해 얼마나 수많은 날을 기다려 왔는지 모를 것이다!"

"상해? 서, 설마 네놈은……?"

이석은 그제야 동검귀 성진경이 누구인지를 기억하고 말았다.

혈교는 수십 년에 걸쳐서 무림 말살을 위해 많은 준비를 했다.

그들의 준비 과정 중에선 부활자와 강시를 만들어낼 육신을 구하는 것이 있었는데, 삼혈로를 비롯한 백팔 대주들이 중원 각지를 돌면서 작은 혈사를 일으켰다.

하나 아무리 주의를 기울인다고 해도 예측하지 못한 사태가 일어나곤 했다.

그중 하나의 사건이 바로 상해였다.

당시 동무림을 담당한 파란 가면의 이석이 부활한 이래로 처음으로 육신을 잃는 사태가 발생했다.

그때 중상만 입지 않았더라도 '그자'에게 당하지 않았을 터이다.

"네놈은 그때 내게……?"

"이제 떠올렸나 보구려. 오늘 그대를 죽여서 구천에 떠도는 아내의 한을 풀도록 하겠소."

"어떻게… 어떻게 이런 일이?"

이석의 머릿속에서 검에 몸이 꿰뚫려 분노의 일장을 날리던 한 사내가 떠올랐다.

그 당시에는 꽤 순박한 느낌의 사내였는데 지금은 세월을 풍파와 분노로 보내왔는지 매서운 눈빛의 중년인이 되었다.

"그때 분명히 죽었을 텐데?"

분명 독에 중독되어서 죽은 것으로 알고 있었다.

더군다나 대다수의 육신은 자신이 '그자'를 상대하는 동안 복면인들이 본 단으로 옮겼다.

"누가 누구에게 죽었다는 것이오?"

슉!

성진경의 신형이 순식간에 이석의 앞으로 파고들었다.

분노에 차오른 성진경은 어떠한 초식도 사용하지 않고 그저 공력이 깃든 주먹을 휘둘렀다.

갑작스러운 주먹질에 이석이 재빨리 오른손을 들어 막았다.

팍! 우두둑!

일권을 막은 손가락이 뒤로 꺾여 나갔다.

"커헉!"

이석의 입에서 선혈이 솟구쳤다.

성진경의 일권에 담긴 공력이 예상보다도 훨씬 강했기 때문이다.

'무슨 공력이 이렇게……?'

아직도 그의 주변의 허공으로 열두 자루의 보검이 빙빙 돌면서 진을 치고 있었다.

이를 유지하는 것만으로도 공력 소모가 상당할 텐데 이런 위력의 일권을 보인다는 것은 그의 강력한 무공 수위를 짐작하게 했다.

'그때보다도 훨씬 강해졌구나.'

사실 그 당시에도 독에 중독된 상태라 제 실력을 발휘하지 못한 성진경이었다.

그런데 그때보다도 무공이 훨씬 진일보하여 현경의 극에 이르렀으니 이석이 당황스러워하는 것도 당연했다.

'이대로는 당한다.'

이석은 허리춤에 차고 있던 검을 뽑아 들어 바닥을 내려쳤다.

팍!

바닥의 파편이 사방으로 튀어오르며 흙먼지를 만들어냈다.

"이런 얄팍한 수를?"

성진경이 검지로 검기를 일으켜 파편을 막아냈다.

그사이에 이석이 미끄러지듯 경공을 펼쳐 자신을 두르고 있던 열두 자루의 보검에게서 빠져나갔다.

"클클, 그래도 멍청하진 않군."

성진경의 눈이 이채를 띠었다.

적진에 혼자 갇혀서 수세에 몰린 것치고는 상황 판단이 나쁘지 않았다.

미끄러지듯 보검들의 사이를 지나친 이석이 몸을 일으키기 전에 손바닥으로 바닥을 내려치며 앞으로 뻗었다.

"가라!"

파파파파파팍!

바닥의 모래에 공력이 실려 성진경을 향해 뻗어나갔다.

혈교의 삼대 호법 무공 중 하나인 혈탄지류(血彈指劉)였다.

혈마가 도화도 황가의 무공인 탄지신통을 극화시킨 무공으로 그 손에 닿는 모든 것을 화약 무기로 만들어 버리는 위험한 살상 무공이었다.

채채채채챙!

성진경이 왼손 검지를 움직이자 열두 보검이 일제히 그의 앞을 가리며 탄지력이 실린 모래와 돌을 막아냈다.

이 틈을 놓치지 않고 이석은 혈탄지류를 펼치며 거리를 벌리려 했다.

성진경의 두 눈은 그에게서 벗어나지 않고 있었다.

"허튼수작은 부리지 마시오!"

성진경이 오른손을 뻗자 열두 보검 중 세 자루의 검이 이석에게로 쇄도했다.

세 자루로 펼치는 이기어검에 놀란 이석이 검초를 펼치며 이를 방어했다.

채채채챙!

'어떻게 세 자루로 동시에 검초를 펼치지?'

가면 속에 담긴 이석의 눈이 파르르 떨렸다.

무수한 검의 고수들을 만났지만 이기어검을 이렇게 펼치는 자는 처음 접해본다.

단순하게 검을 허공에서 이동시키는 것만으로도 이기어검을 펼치는 데는 상당한 심력을 소모한다.

그 역시도 이기어검을 펼칠 수 있으나 검초를 펼치라고 한다면 검 하나에 불과할 것이다.

촤악!

검 한 자루가 스치고 지나가며 이석의 가면이 갈라졌다.

그와 함께 그의 맨 얼굴이 드러났다.

오른쪽 얼굴에 화상 자국이 선명한 중년인이었는데, 사파에서 명성을 떨치는 벽혈단검 섭청의 육신이었다.

그러나 두 동공의 붉은 안광은 그 육신 안에 타인이 자리하고 있음을 알려주었다.

"치잇!"

가면이 벗겨지자 이석의 인상이 종이처럼 구겨졌다.

부활한 이후로 자신의 얼굴을 잃었기에 그 모습을 드러내기를 꺼린 이석이었다.

그렇기 때문에 삼혈로 중에서도 근거지에조차 가면을 벗지 않기로 유명해서 실제 모습을 알고 있는 이가 드물었다.

"하압!"

쾅!

이석이 바닥을 향해 몸을 회전하면서 양발로 진각을 밟았다.

혈탄지류의 삼초식인 각탄지격(脚彈地擊)이다.

진각에 의해서 갈라진 땅바닥의 파편이 위로 무섭게 튀어오르며 이기어검을 펼치는 세 자루의 보검을 튕겨냈다.

파스스스!

사방으로 튀는 파편을 서독황이 사장의 독기를 발산해 막아냈다.

생각보다 그 위력이 강해서 성벽을 뚫고 들어갈 정도의 위력을 보여주었다.

'흠. 얕보았는데 이자의 실력 또한 오황에 버금가는군.'

동검귀의 진보한 실력에 금방 승부가 날 줄 알았다.

그런데 생각 외로 이석의 무공은 기초도 탄탄했고 여타 중원의 무공들과는 궤를 달리 했다.

사실 이석 또한 그 무위가 절대로 낮은 편은 아니었지만 근래에 들어 계속 천마를 상대하다 보니 낭패를 겪은 것뿐이다.

"이게 현경에 오른 고수들의 대결인가?"

반면 단가의 대종사인 단가려는 그들의 대결에 많이 놀랐다.

화경의 극에 이른 그녀였지만 아직까지 현경으로 진입하는 실마리를 얻지 못했다.

"정녕 인간의 싸움이 아니로구나!"

두 절대 고수가 한 번 움직일 때마다 경천동지할 정도로 주변에 미치는 여파가 컸다.

혈탄지류가 만들어낸 포탄 같은 잔해를 열두 자루의 이기어검이 틈새 없이 막아내며 공방이 이어졌다.

'어떻게든 틈을 만들어야 하는데.'

높은 차원의 대결을 펼치면서도 이석의 머릿속에는 어떻게든 도망쳐야 한다는 생각뿐이었다.

한 명씩 상대한다고 해도 동검귀를 이기고 나면 저 괴물 같은 서독황이 버티고 있다.

절대로 싸워서 이곳을 벗어날 방법은 없었다.

'빈틈을 만들어서 이놈을 쓰러뜨리고 어떻게든 도망쳐야 한다.'

"비겁한 놈아, 이런 식으로 아내의 원수를 갚는다고 좋아할 것 같으냐? 뒤에 있는 고수들을 믿고 덤벼대는 꼴이 우습구나."

이석은 격장지계로 동검귀를 도발했다.

계속해서 이기어검을 펼친다면 간격을 좁힐 방법이 없을 테니 간계를 펼쳐서라도 빈틈을 만들어야 했다.

"네놈은 직접 검을 휘두를 배짱도 없나 보구나. 정녕 아내의 복수를 하고픈 마음 따위는 없는 게지. 크크크큭."

살기를 내뿜고 있었지만 냉정함을 유지하던 성진경의 눈에 이성의 끈이 끊겨 버렸다.

이석은 자신의 도발이 통하기만을 바랄 뿐이다.

"닥치시오!"

이성을 잃은 성진경이 열 자루의 보검 중 하나를 잡고 직접 척사검공의 검초 중에서 가장 패도적인 검공극위(劍攻極爲)를 펼쳤다.

'됐다! 이기어검이 아니라면!'

이석이 속으로 쾌재를 불렀다.

검 하나하나 각자 초식을 펼치는 이기어검에 비하면 단독으로 직접 펼치는 검초는 막아내기도 수월하고 반격을 가할 수 있었다.

그러나,

"뭐야, 이 검초는?"

이석의 눈빛에 당혹감이 서렸다.

찌르면서 동시에 당기는 기묘한 검초였다.

중원이나 서역에서도 본 적이 없는 특이한 검초에 이석이이를 제대로 막아내지 못했다.

찔러오는 검초는 막았지만 다시 당겨져 오는 검초에 미처 대응하지 못한 것이다.

푹!

"크윽!"

고통스러웠지만 이석이 이를 참아내고 드디어 틈이 생긴 성진경을 향해 검을 찔렀다.

살을 내주고 뼈를 취하기 위함이었다.

'도발에 말려든 네놈의 패착이다!'

이석의 얼굴에 회심의 미소가 감돌았다.

그러나 그것은 그리 오래갈 수 없었다.

휙! 쩌걱!

절묘한 시점에 허공에서 날아온 보검이 그의 검날을 부수고 만 것이다.

그것도 모자라서 열 자루의 보검이 그의 전신에 날아와 온몸을 고슴도치처럼 만들었다.

푸푸푸푸푹!

"끄으으으으으으으!"

전신의 요혈에 검이 꽂힌 이석은 비명조차 지르지 못하고 두 눈을 부릅떴다.

어이가 없다는 눈으로 성진경을 바라보았다.

도발에 넘어간 것은 그가 아니라 오히려 자신이었다.

"본인이 그대의 간교한 술책에 넘어갈 것 같았나?"

"끄으으으……."

도발에 넘어가서 나머지 열한 자루의 검을 사용하지 않을 거라고 생각한 그야말로 멍청한 짓거리를 한 셈이다.

차라리 계속해서 거리를 유지하다가 도망가는 것을 택하는 편이 나았을지도 몰랐다.

"빌어먹을!"

전신의 요혈이 꿰뚫린 이상 기사회생(起死回生)은 불가능했다.

이 육신을 포기하고 혼만이라도 도망쳐야 했다.

불과 한 달 사이에 벌써 세 번째 몸을 버리는 것이 수치스러웠지만 어쩔 도리가 없었다.

부르르!

이석의 전신에 경련이 일어나기 시작했다.

"뭐지?"

그 모습에 진경은 천마가 전에 한 말이 떠올랐다.

'부활자 중에서 간혹 그 육신을 버리고 혼만 도망치는 경우가 있다. 그때는 주술을 펼치기 전에 무조건 죽여라.'

'어디를 공격하는 것이 좋겠습니까?'

'머리가 가장 효과적이겠지.'

주술을 생각하는 것이 머리일 테니 이를 꿰뚫어 버리는 것
이 가장 효과적이라고 생각하는 천마였다.

이를 떠올린 성진경이 망설임 없이 보검으로 이석의 미간을
찔렀다.

푹!

"컥!"

속으로 주술을 읊으며 육신을 벗어나려 하던 이석이 미간
이 꿰뚫리자마자 단말마의 비명과 함께 두 눈을 감았다.

온몸에 일어나던 경련도 천천히 멎어들었다.

'연아!'

'…성 가가, 앞이… 앞이 보이지가 않네요. 당신 얼굴이……'

마지막까지 그의 손을 꼭 잡고 죽어가던 아내가 떠올랐다.

성진경의 눈시울이 붉어지며 그의 뺨으로 뜨거운 눈물이
흘러내렸다.

오랜 세월 오직 복수 하나만을 생각하며 목숨을 부지해 온
그였다.

같은 시각, 혈교의 근거지.

화르륵!

석실 벽면의 가장 위쪽에 자리하고 있던 촛불 중의 하나가 강하게 타오르더니 이내 초까지 녹아서 타버렸다.

석좌에 앉아서 두 눈을 감고 있던 혈마가 눈을 번쩍 뜨더니 믿기지 않는다는 목소리로 중얼거렸다.

"이석이 소멸하다니?"

부활을 시도하려던 이석의 영혼이 완전히 소멸해 버렸다.

"초가 녹아내리다니? 이럴 수가……!"

"허어."

석실 내의 넓은 대전에 있던 제사장들의 입에서 탄식이 흘러나왔다.

다른 사람도 아닌, 혈교를 지탱하는 세 명의 기둥 중의 하나인 삼혈로 이석이 죽은 것이다.

엄밀히 이야기하자면 죽은 것도 아니고 완전히 영혼이 소멸해 버렸다.

석실에 촛불을 밝힌 이래 초 자체가 녹아버린 경우는 이번이 처음이었다.

"이게 대체 어찌 된 거지?"

분명 이석은 남은 그들을 탈출시키는 명을 받고 이행 중일

터였다.

제사장 중에 가장 젊어 보이는 제사장이 이해할 수 없는지 고개를 갸웃거리며 말했다.

"계획대로라고 한다면 이석이 적들과 마주칠 일은 없을 텐데요."

이석은 혈교의 본대가 퇴각할 때 구왕과 구 무림의 수위급에 해당하는 고수들을 데리고 같이 합류해야 했다.

그러나 원래 지시한 계획과 다르게 이석은 본대의 퇴각에 합류하지 못했다.

예상보다 빠르게 천마가 나타났기 때문이다.

"그렇다면 퇴각에 실패한 건가?"

"퇴각에 실패했다면 저 불꽃이 전부 꺼져야 하네."

한 중년의 제사장의 말대로 석면에 있는 백팔 대주의 불꽃은 꺼지지 않고 살아 있었다.

그렇다면 대체 어찌 된 일인지 짐작하기가 힘들어진다.

"어떻게 할까요, 지존이시여?"

제사장의 질문에 석좌의 그림자 속에 가려진 혈마가 입을 열었다.

"지금 당장 본대에 있는 금마대를 소환해라."

"충!"

혈마의 명령이 떨어지자 제사장들이 본대에 있는 금마대원을 소환했다.

주술을 외운 지 얼마 지나지 않아 붉은 기운이 서리며 우측에 있던 금마대원이 눈을 떴다.

혼이 이동하는 것에는 늘 위험이 따르기에 신물을 게워냈다.

"우웩!"

바닥에 엎드려서 토하는 금마대원을 향해 혈마가 물었다.

"퇴각은 어떻게 되어가고 있지?"

"하아, 하아, 무, 무사히 퇴각에 성공했습니다!"

어지러움이 제대로 가시지 않은 상황이었지만 금마대원은 머리를 조아리며 힘이 들어간 목소리로 대답했다.

"성공해? 그럼 지하 통로는?"

혈마가 정말 궁금한 것은 퇴각보다도 지하 통로를 이용한 계책이었다.

이 계책이 성공한다면 가장 위험한 인물을 제거하게 된다.

금마대원이 들뜬 목소리로 말했다.

"계획대로 지하 통로를 무너뜨렸습니다. 천마 이외에 검황도 있었는데 두 사람이 한꺼번에 함정으로 들어왔습니다."

"호오, 검황도?"

검황도 함정에 걸려들었다는 말에 혈마의 눈빛이 한결 누그러졌다.

아무리 절대 고수라고 해도 그 정도 깊이의 지하 통로가 무너져 버린다면 지층의 지반 자체가 무너져 내리는 것이라 빠져나올 수 없었다.

'검황까지 걸려들었다면 수확이 없는 것은 아니군.'

마교의 구심점인 천마와 현 정파무림의 우두머리라 할 수 있는 검황을 동시에 제거한다면 이번 전쟁의 패배를 충분히 만회하고도 남을 성과였다.

"이석은 퇴각하는 본대에 합류했나?"

"그, 그게……."

"왜 그러는 거지?"

"정확히는 모르겠지만 이석을 퇴각하는 본대 내에선 보지 못한 것 같습니다."

"허어, 그럼 대체 누가 이석을 해하였단 말인가?"

제사장의 탄식에 금마대원이 이해할 수 없다는 듯이 반문했다.

"네? 이, 이석을 해하다니요?"

제사장이 가리키는 석면의 위쪽에 있는 촛불을 바라보니 초가 꺼진 정도가 아니라 전부 녹아서 없어져 버렸다.

처음 보는 사태에 금마대원 역시 경악했다.

'다른 자의 소행이란 건가?'

결국 이석은 퇴각에 합류하지 못하고 모종의 사건으로 죽음을 맞이한 듯했다.

그런데 누가 이석을 해하였는지를 알 수 없었다.

적어도 이석을 해할 정도의 능력을 가지려면 오황 이상의 무위를 지녀야만 가능했다.

하지만 혈교는 이번 전쟁에 전력의 육 할 이상을 잃었지만 천마와 검황을 없앴다면 무림 말살 계획의 절반을 달성한 셈이다.

석좌에 앉아 있는 그림자 속의 붉은 안광의 시선이 녹아내린 이석의 촛불로 향했다.

'어리석은 이석이여, 잦은 부활이 영원한 소멸로 이어졌군.'

부활의 술법이라는 것은 만능 그 자체가 아니었다.

삼세(三世)의 법칙을 거슬러서 혼을 현세에 계속해서 붙잡아두는 것이기 때문에 그만큼 위험부담이 커진다.

내세로 향하는 길에 삼도천(三途川)을 건너면서 이승의 혼탁함을 씻었어야 할 혼백이 계속해서 현세에 머물게 되었다. 그 결과 혼백은 더욱 혼탁해지고 균열이 일어나게 되었다.

'따로 처리하지 않아도 되고 잘된 일이군.'

혈교의 최고 전력 중 하나를 잃었음에도 불구하고 오히려 혈마는 내심 만족스러워하고 있었다.

이 사실을 모르는 제사장들과 금마대는 여전히 혼란 그 자체였다.

그런데 여기서 누구도 예상하지 못한 일이 일어나고 말았다.

화륵! 화륵!

"이, 이게 대체 무슨……?"

제사장들의 눈빛이 경악으로 물들었다.

석면에 있는 촛불의 불꽃들이 갑자기 연달아서 꺼지기 시작했다.

이것은 퇴각하고 있는 본대에 있는 백팔 대주들의 촛불이었다.

"뭐, 뭐지?"

이때까지 이들과 함께 지하 통로로 퇴각하고 있던 금마대원이 당혹감을 감추지 못했다.

무슨 이유에서인지는 모르겠지만 퇴각하는 본대에 무슨 사태가 벌어진 것만은 확실했다.

혈마 역시 당혹감이 서린 눈빛으로 명했다.

"본대에 있는 다른 금마대원을……."

"크헉!"

소환하라고 명하기도 전에 가부좌를 틀고 있던 두 명 중 좌측에 있던 금마대원이 피를 토해내더니 바닥에 쓰러졌다.

당황한 제사장이 다급히 그에게 다가가 보았지만…….

"수, 숨을 거뒀습니다."

이미 목숨을 잃은 후였다.

아무래도 혼이 가 있는 육신이 소멸한 듯했다.

금마대원들은 스스로 주술을 펼치는 것이 아니기 때문에 혼이 가 있는 육신에서 죽임을 당하게 되면 원래의 육신마저도 죽게 된다.

"다른 금마대원을 빨리 불러라!"

"추, 충!"

제사장들은 서둘러 마지막 남은 금마대원을 부르기 위해 주술 의식에 들어갔다.

한편, 지금으로부터 일각 전.

퇴각하는 혈교의 본대는 섬서성의 동남쪽 부근에 있는 여산 부근까지 이동하고 있었다.

지하 통로를 통해서 이동하는 혈교의 남은 본대는 위풍당당하게 무림맹 성으로 입성할 때와 달리 피폐하기 짝이 없었다.

혈교에서 수십 년에 걸쳐서 만들어놓은 지하 통로는 중원 곳곳에 자리하고 있었다.

물론 그것이 중원 전체에 지하 통로를 완전히 연결해 놓은 것은 아니었다.

아무리 혈교가 수십 년 동안 공을 들였다고 하더라도 광활한 중원 전체에 지하 통로를 만드는 것은 불가능한 일이었고 모든 인력을 지하 통로를 만드는 데 소모할 수도 없는 노릇이었다.

그들은 중원 내의 중요한 거점 및 무림맹, 사파 연맹, 마교 인근을 중심으로 지하 통로를 만들어서 언제든지 공습을 가할 수 있도록 해놓았다.

"헉헉!"

"만들 때는 그리 오래 걸렸는데 무너지는 데는 순식간이군."

"하마터면 같이 생매장당할 뻔했어."

화경의 경지에 이른 백팔 대주들조차도 기겁할 만한 상황이었다.

통로의 일부만 무너뜨리려고 했는데, 한 곳을 무너뜨리니 연차적으로 이어져 있는 통로들까지도 무너져 내렸다.

조금만 퇴각 속도가 늦었다면 일부는 지하에서 생매장당했을 것이다.

"퉤! 입에 흙 맛밖에 안 느껴지는군."

자검 대주가 불쾌한 표정을 지으며 바닥에 침을 뱉었다.

비록 살아남기는 했지만 지하 통로의 폭발과 무너져 내리는 여파로 인해 흙먼지가 통로 전체로 퍼져 나가서 그들의 몰골이 말이 아니었다.

"이제 곧 여산 입구다! 이동을 서두른다!"

맨 앞에 선두로 이동하고 있는 붉은 가면의 일석의 목소리가 동굴을 쩌렁쩌렁하게 울렸다.

드디어 지상에 가까워지자 그들의 발걸음이 한결 빨라졌다.

그런데 중간 열에서 이동 중이던 붉은 혁대의 복면인 중 한명이 자검 대주의 옆으로 따라붙더니 물었다.

"대주."

"뭐냐?"

'뭐지? 이 녀석 목소리가 왜 이렇게 섬뜩해? 자검대 녀석이 아닌 것 같은데?'

대답은 했는데 소름 돋는 목소리에 괜히 기분이 묘해지는 자검 대주였다.

그런 그의 기분과 상관없이 붉은 혁대의 복면인이 말을 이어갔다.

"이곳을 빠져나가면 본 단으로 가는 겁니까?"

"무슨 헛소리를 하는 게야? 본 단으로 가다니? 전부 흩어져서 각자의 거점으로 모이는 거지."

혈교의 백팔대는 철저하게 점조직으로 운영된다.

한 곳으로 모이게 되면 본 단의 위치가 드러날 수 있기 때문에 정해진 법도였다.

더군다나 삼혈로나 팔신장을 제외한다면 본 단의 위치를 알고 있는 이도 없기 때문에 철저하게 흑막에 가려져 있다고 봐도 무방했다.

"각자의 거점이라고 하면 중원 곳곳으로 퍼져 나가는 거로 군요?"

"네 녀석, 대체 어느 부대이기에 이렇게 헛소리를 하는 거야?"

자신의 부대가 아니라면 그 부대의 대주에게 일러서 혼쭐을 내라고 얘기하려던 자검 대주였다.

그런데 붉은 혁대의 복면인은 그의 물음에 아무 답변을 하지 않았다.

뭔가 고민 중인 것처럼 고개를 갸웃거렸다.

"네 녀석, 지금 직속상관이 아니라고 항명하는 것이냐?"

반항한다고 생각한 자검 대주가 노기가 치솟아 검을 뽑으려는 찰나였다.

그의 귓가로 믿기 힘든 말이 들려왔다.

"그럼 여기서 전부 죽이지 않는다면 한동안 또 찾기가 힘들 겠네?"

오싹!

소름 끼치는 목소리에 담긴 강렬한 살기에 피가 싸늘하게 식는 느낌이다.

분명 이자는 혈교의 전사가 아니었다.

"뭐야? 네놈 대체 누……."

촤악!

놀란 자검 대주가 검을 뽑기도 전에 그의 목이 날아갔다.

열을 맞춰서 이동 중이던 혈교의 전사들이 갑자기 자검 대주의 목이 날아가자 당혹감을 감추지 못했다.

"헉! 이, 이게 뭐야?"

"자검 대주가 죽……!"

촤촤촥!

그들이 미처 대응하기도 전에 순식간에 목이 날아갔다.

자검 대주와 달리 한 번에 주변에 있던 아홉 명이나 되는 전사들의 목이 떨어져 나가자 그 파급 효과는 장난이 아니었다.

"적이다! 적이 내부에 있다!"

"물러나라! 물러서라!"

지하 통로를 울리는 외침에 퇴각하던 혈교 본대가 멈췄다.

이만에 이르는 혈교의 본대가 이동을 멈추자 선두에서 진군을 지휘하던 일석이 의아한 눈빛으로 뒤를 바라보았다.

"적이다! 크악!"

"끄아아악!"

군 열의 중간쯤에서 터져 나오는 비명 소리.

적이 있다는 것을 알리던 외침은 하나같이 비명으로 끝을 맺었다.

알 수 없는 사태에 일석을 비롯한 수뇌부가 다급하게 열을 뚫고 아비규환의 진원지를 향해 경공을 펼쳤다.

'대체 이게 무슨 일이야? 적이라니?'

알 수 없는 불길함이 그의 전신을 사로잡고 있었다.

횃불이 일렁이는 어두운 지하 통로의 한가운데 수많은 혈교의 전사들이 단 한 사람의 적을 잡기 위해 합공을 가하고 있으나 상황이 좋지 않았다.

흡사 사나운 맹수가 하룻강아지를 몰아세우는 것처럼 단 한 사람이 수많은 혈교의 전사들을 학살하고 있었다.

심지어 화경의 고수인 백팔 대주들이 나섰음에도 고작 일 초식도 버티지 못하고 목이 잘린 불귀의 객이 되어버렸다.

'빌어먹을!'

사태의 심각성을 인지한 일석이 곧장 혈뇌권의 절초를 펼쳤다.

붉은 뇌전이 섞인 권강이 혈교의 전사들을 유린하는 복면인을 향해 속사포처럼 쇄도했다.

복면인을 단번에 뇌전으로 태울 기세였다.

실룩!

'웃… 어?'

복면 사이로 보이는 붉은 안광이 그리는 반달 웃음을 보며 일석은 불길함을 느꼈다.

그 순간 복면인은 가볍게 검을 휘둘러 뇌전을 뿜어대는 권강을 베어냈다.

하지만 뇌(雷)의 속성을 지닌 기운을 완전히 없애진 못했는지 그 여파로 옷과 복면이 일부 찢겨져 나갔다.

복면이 찢겨지면서 감춰져 있던 얼굴이 드러났다.

정리가 되지 않은 산발이 된 머리카락과 얼굴의 수많은 흉터.

그리고 이곳에 있는 누구보다도 붉은 안광.

"그, 그대는……?"

누가 예상이나 했겠는가.

부활한 혈교를 수십 년간이나 괴롭히고 있는 최악의 적이 아군으로 분해서 숨어 있을 줄은 누구도 알아채지 못했다.

그자가 흉악스러운 미소를 지으며 말했다.

"이번에는 놓치지 않는다. 크크크크큭!"

76장
뜻밖의 탈출

무림 역사상 천 년 만에 유래가 없는 대전쟁이 벌어졌다.

십만이 넘는 무림의 무인들이 목숨을 건 전쟁에서 흘린 피가 바닥을 적실 정도였다.

무림을 멸살하려고 하는 혈교와 이를 저지하기 위한 무림인들의 목숨을 건 사투는 무림 동맹의 승리로 돌아갔다.

물론 그 승리를 얻기 위해 수많은 희생을 치러야만 했다.

전쟁이 끝난 지 열흘이라는 시간이 흘렀다.

천 년 만에 공동의 적을 상대하기 위해 자발적으로 맺은 동맹은 예상과는 달리 그리 오래 지속되지 않았다.

무림맹은 전쟁이 끝난 지 불과 나흘도 채 되지 않아 동맹을 공식적으로 파했다.

그들은 여러 명분을 이야기했지만 실상 가장 큰 이유는 전쟁의 한복판에서 공식 석상에 모습을 드러낸 천마로 인해서였다.

믿을 수 없는 현실이었지만 만인이 눈앞에서 천마의 무용을 보았다.

오황이라고 해도 과연 이런 무위를 보일 수 있을까 하는 의문이 들 만큼 괴물 같은 신위였다.

그 탓에 무림맹에 속한 정도 문파의 수뇌부들은 혈교 이상의 위기감을 느꼈다.

'천마라니?'

'마교의 개파 조사?'

거짓말 같은 믿기 힘든 정보에 무림의 각 정보단은 혼란에 빠졌다.

그들이 알고 있는 그 천마라면 천 년 전에 우화등선했다고 알려진 마교의 전설적인 인물이다.

처음에는 쉽게 믿을 수 없었지만 죽은 자들이 부활한 혈교인들을 비롯해 죽은 시체가 움직이는 강시와 같은 것들을 겪고 나니 천마라는 존재를 막연히 부정할 수가 없었다.

이를 확실하게 한 것은 한 사람의 발언으로 인해서였다.

"그는 천마가 확실하오."

기운을 소진하고 탈진한 검황이 삼 일 만에 병상에서 깨어나 가장 먼저 한 말이었다.

무림맹 맹주의 발언이 지닌 공신력은 굉장했다.

검황의 한마디에 일사천리로 무림맹의 수뇌부 회의가 진행되었고, 정파로만 구성된 무림맹답게 마교와의 동맹이 끝났음을 천명했다.

무림맹의 입장에서는 무림 말살을 꿈꾸는 혈교도 위험했지만 정파에 위협이 되는 마교 역시도 마찬가지였기 때문이다.

하지만 마교에선 공식적으로 어떠한 대응도 하지 않고 있었다.

무림맹의 본 단 뒤편에 자리한 한 건물.

건물의 지하에서 며칠 전부터 역한 냄새가 피어올라 왔다.

"아미타불."

지하의 어두운 방 안은 하나의 취조실처럼 꾸며져 있었다.

방 안에는 두 사람이 탁자를 중심으로 마주 보고 앉아 있었는데, 한 명은 붉은 가사를 입고 있는 소림사의 몽오 선사였다.

그 앞에 초췌한 얼굴로 앉아 있는 사람은 다름 아닌 검황의 셋째 제자인 설유라였다.

"설유라 보살님께서는 정녕 그자의 정체를 몰랐던 것이 확실합니까?"

놀랍게도 그녀는 원오 선사에게 취조를 당하고 있었다.

원오 선사의 목소리에는 항마기가 가득했다.

그것은 마치 눈앞에 앉아 있는 대상이 마인이라도 되는 듯 압박하는 태도였다.

하지만 선천공을 익혀서 몸에 정기와 선기가 가득한 설유라에게 항마기가 안 좋은 영향을 미칠 리가 없었다.

"…선사님, 벌써 며칠째 같은 말을 드리는 것 같네요. 저야말로 왜 그분을 천마라고 부르는지 알 수가 없어요."

설유라는 벌써 오 일째 이곳에 감금되어 심문을 당하고 있었다.

구파일방의 수뇌부가 교대로 들어와 그녀를 심문하는 것은 설유라가 북해 정벌을 시작으로 장시간 천마와 동행했기 때문이다.

"허어, 이렇게 심각해서야. 사악한 마기에 잔뜩 홀렸구려."

"하아……."

원오 선사의 의심 가득한 말투와 눈빛에 그녀는 답답해졌다.

근신을 명한 것 때문에 전쟁에도 참여하지 못한 그녀이다. 그런데 영문도 모른 채 취조실에 감금되어 같은 상황만 되풀

이하고 있었다.

'스승님, 대체 왜 그러시는 건가요?'

빙화라 불리는 그녀의 아름다운 눈망울이 촉촉해졌다.

첫째 제자인 석금명의 배신으로 타인에 대한 신뢰를 잃은 검황은 막내이자 애제자인 설유라마저도 믿지 못하게 되었다.

"보살님이 계속해서 이렇게 마에 홀린다면 다른 분들과 같이 항마 의식을 치를 수밖에 없소."

원오 선사의 말이 어떤 의미인지 그녀는 잘 알고 있었다.

그나마 설유라는 검황의 제자였기 때문에 심문의 강도가 가장 낮은 편에 속했다.

"끄아아아아악!"

"제, 제발! 차라리 죽여줘!"

방문 바깥에서는 고통에 찬 비명 소리가 끊이질 않고 있었다.

무림에서 천마와 조금이라도 관련되거나 안면이 있던 이는 전부 끌려와 지하 밀실에 감금되어 고문을 당하고 있었다.

사마세가의 가주인 사마염뿐만 아니라 모든 세가의 식솔들이 잡혀왔다.

무공을 익히지 않은 세가의 고용인 중에서 사망자가 발생했다는 이야기마저 나올 정도로 독하게 고문이 이뤄졌다.

"끄으으으으!"

이틀 전만 하더라도 크던 옆방의 비명 소리가 많이 약해져 있었다.

'이 옆방에는 모용 공자가 있을 텐데.'

옆방에는 설유라와 함께 무림을 돌아다니면서 약선을 찾아다닌 모용월야가 감금된 상태에서 고문을 받고 있었다.

치이이이이이!

"끄으으으으으!"

상의가 탈의된 채 온몸이 피투성이가 된 모용월야였다.

인두로 온몸을 지지는 바람에 그 고통은 이루 말할 수가 없었다.

처음에는 반항기가 많고 여전히 광기가 남아 있던 모용월야였기에 순순히 고문에 굴복하지 않았다.

하지만 내공이 금제되어 며칠 동안 음식은 물론이고 물 한 모금 마시지 못하고 종일 고문을 당하니 육신이든 정신이든 약해질 수밖에 없었다.

그런 그를 다그치는 회색 승복의 비구니가 있었다.

"그놈이 사악한 마교의 주구인 걸 시주도 알고 있었지? 이익!"

치이이이익!

"끄아아아아!"

탈진하다시피 지쳐 있는 모용월야를 심문하고 있는 것은

아미파의 현영 사태였다.

눈에 독기가 차 있는 그녀는 현명 사태의 사제였다.

그녀는 자신이 존경하는 사저가 죽임을 당한 것 때문에 마교에 깊은 원한을 가지고 있었다.

"헉, 헉, 모른다고 했잖아, 이 악독한 계집 땡중아! 끄아아아아!"

"어린 시주가 못하는 소리가 없구나!"

치이이이익!

"끄아아아아아! 차라리 죽여라!"

모용월야는 이곳에 들어와서 자신이 알고 있는 부분에 대해선 이미 얘기했다.

하지만 천마와 동행하는 동안 천마 스스로 정체를 한 번도 밝힌 적이 없다는 것을 현영 사태를 비롯해 무림맹의 수뇌부는 전혀 믿지 않았다.

마치 헤어날 수 없는 악의 구렁텅이에 빠진 것처럼 몰아붙였다.

고통만이 넘치는 지하실의 방 가운데에는 사실 의외의 인물도 한 명 있었다.

그는 바로.

"염 대협, 지금이라도 숨기고 있는 것이 있다면 사실대로 고하게. 인간인 이상 악에 흔들릴 수도 있네. 자네의 주군인 맹주께 부끄럽지 않나?"

며칠 동안이나 계속되는 심문에 퇴왕 염사곤 역시도 초췌해져 있었다.

그동안 공이 있었기 때문에 다른 사람들처럼 고문을 행하진 않았으나 마찬가지로 내공을 금제당하고 식사도 제대로 하지 못했으니 약해질 수밖에 없었다. 그에 대한 배려는 오직 고문이 없는 것과 물을 지급해 준 것뿐이었다.

'주군, 어째서 이러시는 겁니까?'

충의가 넘치는 염사곤마저도 이런 상황이 달가울 리가 없었다.

심지가 굳은 그의 마음이 점차 메말라 갔다.

"노부의 말을 듣고 있기는 하나?"

"홍 방주, 본인이 주군께 누가 가는 행동을 할 것 같소?"

오늘 그를 심문하는 것은 개방의 방주인 홍자운이었다.

"크흠!"

사실 홍자운 역시도 염사곤의 충성심을 잘 알고 있었다.

검하칠위 가운데서도 유독 높은 충성심으로 유명한 그가 검황을 배신할 리가 없다는 것을 중원 최고의 정보 단체인 개방의 방주인 그가 모를 리 없었다.

다만 무림맹의 수뇌부 회의에서 결정된 대로 의심이 가는 이들을 극한으로 몰아서 정보를 알아내려는 것이다.

"기한은 보름. 보름 동안 극한으로 몰아서 아무것도 나오지 않는다면 구금하는 것을 해제하도록 하게."

그것은 맹주인 검황의 인가마저 떨어진 사항이었다.

애제자인 설유라와 검문 산하인 검하칠위 염사곤마저 엮여 있음에도 불구하고 이런 결단을 내린 검황의 결정을 수뇌부는 존중했다.

쿵쿵!

철문을 두드리는 소리가 들리자 홍자운의 눈에 이채가 띠었다.

"벌써 시간이 이렇게 되었나? 흐음."

철문을 두드린 것은 이곳을 담당하는 구금지기였다.

자정이 되었음을 알린 것이다.

"맹주님의 명도 있었기 때문에 전쟁에서도 공이 많은 자네를 몰아붙이고 싶진 않네. 부디 현명하게 대처하길 바라네. 오늘은 이 정도까지 하도록 하세."

세 시진이 넘게 심문을 당해서 지쳐 있는 염사곤을 더 다그치는 것은 홍자운 역시도 힘들었다. 칠순을 앞두고 있는 홍자운은 허리를 두드리며 감금실을 나갔다.

그가 나간 지 얼마 되지 않아 염사곤은 자신의 척추의 기문(氣門)에 박혀 있는 장침을 향해 내력을 집중시켰다.

기문이 봉해져 내공이 금제당했지만 염사곤 역시도 화경의 극에 달한 고수였다.

일주일 동안이나 티끌을 모으듯이 조금씩 내공을 모아온 염사곤은 금제를 가한 침을 튕겨낼 수 있을 만큼 되었다.

그렇게 모아온 내공이 기문을 막고 있는 침으로 향했다.

"끄읍!"

척추에 꽂혀 있는 침이라서 그 고통이 상상을 초월했지만 염사곤은 피가 흘러내릴 만큼 입술을 꽉 깨물고 참아냈다.

일각 정도가 지났을 무렵이다.

파파팍!

염사곤이 힘차게 양팔을 들어 올리자 그의 척추에 꽂혀 있던 침들이 뽑혀 나와 벽에 박혔다.

벽에 박힌 침은 세 개였다.

보통은 하나만 꽂을 만도 했지만 염사곤의 무공 수위가 높았기 때문에 철저하게 기문을 막기 위해 침을 세 개나 꽂은 것이다.

"헉, 헉, 지독한 것들……."

염사곤이 지쳤는지 바닥에 털썩 주저앉았다.

잠시 숨을 돌린 그는 운기조식을 통해서 내공을 회복하는 데 돌입했다.

반 시진 정도 운기조식을 하니 온몸에 내공이 수십 회가량 순환하면서 그동안 쌓여온 피로가 일순간에 가시는 느낌이다.

'후우, 살 것 같구나.'

내공을 절반 정도 회복한 염사곤은 조심스럽게 일어났다.

아마 지금 시간쯤이면 이곳을 지키는 구금지기도 숙직실에서 쉬고 있을 터였다.

구금된 이들이 전부 내공이 금제되었기 때문에 경각심이 그리 높지 않았다.

우웅!

염사곤은 손가락에 기를 집중시켜 강기를 일으켰다.

철문 밖에 걸려 있는 자물쇠를 잘라서 문을 열었다.

염사곤은 이곳에 갇혀 있는 내내 설유라를 비롯한 모용월야의 안위가 걱정되었다.

스승인 검황을 위해 고생을 자처하고 수많은 목숨의 위기를 맞은 설유라를 이렇게 감금하고 심문할 줄은 몰랐다.

'비명 소리가 많았는데… 아가씨가 무사하려나.'

내공이 금제되어서 수많은 비명 가운데 설유라를 구분할 도리가 없었다.

철문 밖으로 나와 복도를 걸으니 역한 피 냄새가 진동하며 그의 코끝을 괴롭혔다.

얼마나 고문을 했으면 복도에서 나는 냄새가 이 정도일까.

'아아!'

철문의 닫힌 창을 하나씩 열어보는 그의 인상이 좀처럼 펴지지가 않았다.

하나같이 얼마나 고문을 심하게 당했는지 산발에 피투성이가 되어서 그 모습을 알아보기 힘들 정도였다.

그러다 끝 방 직전에 찾던 사람 중 한 명을 발견했다.

'애송이?'

방 안에는 상체에 끔찍해 보이는 수많은 화상을 입은 가녀린 체구의 청년이 팔다리가 묶인 채 기절해 있었다.

얼마나 고문을 많이 당했는지 하의가 전부 피로 붉게 절어 있었다.

'소위 명문 정파를 자처하는 무림맹에서 어찌 이럴 수가 있단 말인가.'

이들을 심문한 자들은 정파의 수뇌부였다.

구금된 날부터 시작된 끊임없는 비명 소리에 제발 이 같은 일은 없기를 바랐지만 현실은 너무도 참혹했다.

단지 의혹, 혹은 의심이 된다는 것만으로 어찌 이럴 수가 있단 말인가.

만약에 그가 검하칠위가 아니고 혈교와의 전쟁에서 공을 세우지 않았다면 같은 일을 당했을 것이 자명했다.

'이건 아니다. 이건 정말 아니야.'

염사곤은 충격을 받은 얼굴로 고개를 절레절레 흔들었다.

그리고 이내 철문을 열고 기절해 있는 모용월야에게 다가가 그의 상태를 살폈다.

마치 원한에 의한 고문이라도 당한 것처럼 모용월야는 목숨에 치명적일 수 있는 요혈을 인두로 지져 상처가 심각했다.

'허어, 이대로 두었다간 죽을 수도 있겠구나.'

하루 이틀만 더 고문을 받았다간 숨이 끊어져도 이상하지 않은 상태였다.

염사곤은 고민이 될 수밖에 없었다.

비록 싸가지 없는 애송이 같았으나 검황을 구하기 위해 절곡을 헤매는 등 설유라와 온갖 고생을 함께해 온 녀석이다.

적과 내통했다는 의심만으로 죽게 내버려 두기는 너무나도 아까운 인재였다.

한참을 고민하던 염사곤은 뭔가를 결심했는지 굳은 얼굴로 팔다리를 구류하고 있는 줄을 잘라낸 뒤 모용월야를 어깨에 들쳐 멨다.

내공이 금제당한 상태에서 심한 고문을 받은 모용월야는 자신의 몸을 들쳐 메고 움직이는 데도 정신을 차리지 못했다.

염사곤은 그를 들쳐 메고 마지막 방으로 향했다.

철문의 닫힌 창을 열어서 살펴보니 역시 마지막 방에 설유라가 있었다.

"아가씨!"

종일 계속되는 심문에 지친 그녀는 침상에 몸을 웅크린 채 잠이 들어 있었다.

다행히 맹주의 제자여서 그런지 염사곤과 마찬가지로 고문은 당하지 않은 것 같았다.

우웅!

염사곤은 강기를 일으켜 자물쇠를 자르고 구금실로 들어갔다.

많이 피곤한 상태였지만 갑자기 철문이 열리니 한참 예민해져 있던 설유라가 잠에서 깨어났다.

"아?"

"쉿."

그녀는 염사곤을 보자마자 놀라서 소리를 낼 뻔했지만 조용히 하라는 시늉에 급히 입을 틀어막았다.

설유라가 의아한 표정으로 목소리를 낮춰서 물었다.

"염 대협, 어떻게 된 거예요?"

그녀가 알기로는 분명 염사곤 역시도 이곳 지하 구금실에 갇혀 있었다.

벌써 풀려나기라도 한 것일까?

"저는 괜찮습니다. 아가씨, 어디 다치신 곳은 없습니까?"

"저, 저도요."

그런 의도로 물은 것은 아니었지만 그래도 다친 데가 없다니 다행이었다.

문득 그녀의 눈에 염사곤이 어깨에 들쳐 메고 있는 모용월야가 들어왔다.

"모, 모용 공자?"

설유라는 자신의 입을 틀어막고 당혹감을 감추지 못했다.

상의를 탈의하고 있는 모용월야의 상반신이 성한 곳이 없었다. 화상이 너무 심해서 살점에서 고름이 나오고 있었다.

"세상에, 대체 누가 이렇게까지 고문을……"

정도를 지향하는 무림맹에서 이런 일이 벌어진다는 것이 믿기지 않았다.

무림의 패권을 차지하기 위해서 수많은 피를 흘리고 전쟁을 치른 것에는 명분이라는 게 있었다.

하지만 이런 식으로 고문을 하는 것은 정파의 이념에서 크게 벗어났다.

적도 아니고 아군을 의심해서 이런 일을 자행한다는 것은 도무지 이해할 수 없는 부분이었다.

"사부님……"

무림 일통을 향한 발걸음이 시작된 후로 끊임없이 변해가는 검황을 보았다.

패권을 위한 길에는 피가 끊이질 않는다는 것을 알고 있기에 마음을 다잡고 스승을 보좌한 그녀였지만 이건 아니었다.

"대체 왜 이렇게 된 걸까요?"

허탈한 그녀의 물음에 염사곤이 고개를 저었다.

사실 짐작 가는 부분은 꽤 많았다.

연이은 검하칠위의 배신, 그리고 검하칠위의 수장인 유심원의 죽음, 둘째 제자인 석금명의 배신 등으로 검황은 차츰차츰 변해갔다.

믿던 이들을 잃으면서 검황은 의심이 많아지고, 현재 갖고 있는 권력에 대한 집착이 생겼다.

예전에 그들이 알고 있던 정기가 넘치고 호방한 검황은 사라졌다.

"아, 그런데 염 대협은 어떻게 감금실에서 나오신 거죠?"

"…강제로 나왔습니다."

"네? 강제로요?"

구금실을 탈출한 것은 일종의 반역 행위가 된다.

누구보다도 충성심이 깊은 염사곤이 구금실에서 탈출했다고 하니 그녀로서는 의아할 수밖에 없었다.

"솔직히 말씀드리면 무엇이 옳은 건지 판단이 가지 않아서입니다."

심문을 당하는 내내 염사곤은 고민했다.

자신 이외에 함께하던 검하칠위의 배신을 비롯해 변해가는 검황, 급격하게 변해가는 무림의 정세는 그를 혼란스럽게 만들었다.

정파에서 악이라고 단정 지은 마교는 무림맹으로 인해 거의 멸문 직전의 순간까지 당해놓고도 무림 말살을 저지하기 위해 선뜻 동맹을 신청했다.

그런 반면 무림맹은 이를 이용하기에 급급했다.

검황을 비롯한 정파의 수뇌부는 권세를 유지하는 것에만 급급했고, 그 자신을 살리기 위해 충성을 다한 이들을 이렇게 고문하게 만든 그에게 분노마저 느꼈다.

"그럼 어쩌실 생각이죠?"

염사곤의 표정만 보아도 답은 정해져 있었지만 그녀는 물었다.

"주군께는 죄송스러운 이야기이지만 한동안 무림맹을 떠나야 할 것 같습니다. 그리고… 이 애송이 녀석도 이대로 내버려 두면 죽을 것 같더군요."

"그… 러네요."

워낙 고문을 심하게 당한 모용월야는 정말로 상태가 심각했다.

언제 죽어도 이상하지 않은 그를 내버려 두고 가기에는 염사곤의 양심이 용서치 않았다.

"아가씨는 어떻게 하시겠습니까?"

사실 염사곤이 제일 걱정되는 이는 모용월야보다도 그녀였다.

스승에게서 신뢰를 잃고 구금실에 갇혔다는 것은 훗날 어찌 될지 알 수 없다는 말과 같았다.

검문에 처음 입문한 어린 시절부터 그녀를 돌보아 온 숙부와 같은 입장인 염사곤이다. 그는 설유라를 그냥 내버려 둘 수가 없었다.

"저는……."

설유라는 망설일 수밖에 없었다.

염사곤의 질문이 의도하는 것은 분명 자신과 함께 탈출한 것인지, 아니면 이곳에 남을 것인지를 묻는 말이었기 때문이다.

'어떻게 해야 하지?'

이곳에 남게 된다고 해도 과연 스승인 검황이 자신을 향한 의심을 풀지 의구심이 들었다.

그렇다고 이곳 지하 구금실을 탈출하게 된다면 공식적으로 배신자 낙인이 찍힐 것이 틀림없었다.

"남으시겠습니까?"

고민하는 그녀에게 염사곤이 물었다.

조금 더 시간을 주고 싶었지만 동이 트기 전에는 탈출해야 하니 시간이 촉박했다.

　탈출이 발각되면 무림맹에서 추격단을 보낼 것이다.

　'이곳을 나간다고 내가 갈 만한 곳이 있… 아!'

　문득 그녀의 머릿속에 한 곳이 떠올랐다.

　사실 지하 구금실에서 심문을 당하는 내내 의문스러운 점이 하나 있었다.

　그것은 사마영천에 관한 일이었다.

　그녀를 심문하는 모든 무림의 인사들은 하나같이 그를 사마영천이라 부르지 않고 천마라고 칭했다.

　무림인인 그녀가 천마라는 이름을 모를 리가 없었다.

　마교를 세운 개파 조사이자 마도의 대종주라 불리는 천마는 천 년 전의 인물인데 계속해서 사마영천을 천마라고 하는 것이 이해가 가지 않았다.

　"염 대협, 탈출하면 어디로 가실 거죠?"

　"글쎄요. 아직 그것까진 생각해 보지 못했습니다."

　탈출을 결심하기는 했지만 중원 전체에 손이 닿아 있는 무림맹의 손길을 피해 다닌다는 것을 쉬운 일이 아니었다.

　안 된다면 서역이나 바다를 건널 각오까지 되어 있는 염사곤이다.

　"염 대협, 혹시 마교에 가보실 생각이 없나요?"

"네?"

그녀의 뜬금없는 말에 염사곤의 표정이 딱딱하게 굳었다.

마교는 정말 가볼 생각이 없었다.

무림맹의 마교 정벌 당시 그의 퇴법에 죽은 마교인의 수가 수백에 달했다.

그런 곳에 갔다가 무슨 사태가 벌어질지 장담하기 힘들었다.

염사곤이 그녀를 달래기 위해 부드러운 목소리로 말했다.

"아가씨, 아무리 도망친다고 해도 그곳은 적진입니다. 저희가 이곳 지하 구금실에 갇히기 바로 하루 전에 동맹을 파했습니다. 너무 위험한 생각인 것 같군요."

다른 것은 몰라도 마교로 가는 것만큼은 무조건 반대였다.

차라리 북진해서 몽골에 숨는 것이 더 나았다.

"그래도 만약 사마 공자가 마교에 있다면 저희를 도와주지 않을까요?"

"네?"

염사곤의 표정이 또다시 딱딱해졌다.

그 괴물 같은 놈이 대체 뭐가 아쉬워서 자신들을 도와준단 말인가.

물론 몇 차례 그들을 죽음의 위기에서 구해준 전적이 있기는 하지만 공식적으로 그들은 적이었다.

"아가씨, 비록 무림맹에서 도망친다고 해도 저희는 정파인……."

"도망치는 순간부터 정파의 배신자가 되는 게 아닌가요?"

"…그렇지요."

정파의 배신자가 되는 순간부터는 거의 사파인 취급을 받게 된다.

하지만 염사곤이나 설유라는 무림맹에서도 거의 요직에 가까운 높은 거물이었다.

마교에서 과연 고분고분 받아줄지는 미지수였다.

어쩌면 고마워할지도 몰랐다.

원수와도 같은 거물급이 스스로 목을 바치는 꼴이니 말이다.

"그럼 마교로 한번 가보는 것도……."

"아가씨, 제발 그것만큼은 재고해 보시길 바랍니다. 그리고 이제 정말 시간이 없습니다."

숙직실에서 잠들어 있는 구금지기가 깨기라도 하면 탈출은 커녕 도로 갇히게 될 터였다.

결국 설유라는 염사곤을 따라서 탈출하기로 결심했다.

그녀가 고개를 끄덕이자 염사곤은 후속 조치를 취했다.

"일단 기문을 막고 있는 침을 빼겠습니다."

설유라 역시도 기문에 침이 박혀 있어서 내공이 금제된 상태였다.

아무리 염사곤이라고 해도 두 사람을 들쳐 메고 도망치기에는 벅찼다.

설유라가 고개를 끄덕이자 염사곤이 이불을 찢어서 그녀에게 주었다.

"네? 이건 왜?"

영문을 모르는 그녀의 물음에 염사곤이 입을 가리켰다.

"좀 아플 겁니다."

"아!"

이불을 물고 있으라는 의미였다.

그제야 설유라는 이해했다는 듯이 고개를 끄덕이고는 입에 천을 물었다.

척추에 박힌 침을 빼는 고통은 상상을 초월한다.

설유라가 침구에 엎드리자 염사곤이 손에 내공을 모아서 허공섭물을 펼쳤다.

"흡!"

척추의 기문에 박혀 있는 침이 들썩거리자 그녀는 자신도 모르게 물고 있던 천을 뱉고 소리를 지를 뻔했다.

'침을 단단히도 박아놨군.'

그처럼 세 개나 박혀 있는 것은 아니었지만 설유라 역시도 침이 두 개나 박혀 있었다.

아무래도 무공이 진일보해서 초절정의 경지에 육박해서인
듯했다.

"읍, 읍!"

염사곤이 조심해서 침을 빼내는 과정이 힘들었는지 설유라
가 식은땀을 흘리며 신음성을 흘렸다.

푸푹!

이윽고 그녀의 기문에 박혀 있던 두 개의 침이 빠져나와 염
사곤의 손으로 빨려들어 왔다.

얼마나 아팠는지 천을 물고 있던 입에 피가 배어 있다.

"아가씨, 빨리 운기를 하시죠. 길게는 못할 겁니다."

"하아, 하아, 알겠어요."

설유라가 운기조식을 하여 전 내공을 회복할 틈은 없었다.

가볍게 경공을 펼칠 정도만 회복해야 했다.

일각 정도 내공을 순환시킨 그녀는 일 할 정도의 내공을 회
복했다.

사실 일각이면 내공이 체내를 몇 번 순환하는 데 그치겠지
만 선기를 다루는 선천공의 공능이 뛰어나기에 가능한 일이었
다.

"가시죠."

염사곤이 앞장서서 그녀가 갇혀 있던 구금실을 빠져나갔
다.

다른 철문은 전부 열어서 확인해 봤다. 아마도 복도 끝의 가운데에 있는 문을 열면 위층으로 오르는 계단이 있을 것이다.

염사곤이 소리를 죽이고 문을 열자 드러난 것은 숙직실이었다

"아?"

위층으로 오르는 계단과 숙직실은 하나였다.

더군다나 조심스럽게 연다고 열었는데 숙직실의 구금지기가 자신의 팔에 줄을 걸어서 문에다 걸어놨을 줄은 몰랐다.

"크르렁! 억?"

팍!

줄이 잡아당겨지자 코를 골면서 자고 있던 구금지기가 화들짝 잠에서 깼다.

"엥? 다, 당신들, 어떻게?"

"합!"

픽!

"끄윽."

털썩!

그 순간 염사곤이 번개처럼 날아가 감금지기의 목을 손날로 쳐서 다시 잠들게 만들었다. 구금지기가 자신의 뒷목을 붙잡으며 신음성과 함께 기절했다.

구금지기가 무공이 낮은 평범한 간수라서 다행이었다.

"휴, 서둘러 가시죠."

이른 새벽이 되면 구금지기의 교대자가 올 것이다. 그전에 최대한 멀리 도망쳐야 했다.

물론 그보다도 급한 것은 바깥에 있는 야간 경비조였다.

최근에 혈교와의 전쟁을 치른 후로 주간을 비롯해 야간 경비까지 매우 삼엄해진 무림맹이었다.

일류 고수로만 이루어진 무림맹의 경비조가 삼엄하게 경비를 서고 있었다.

일층으로 올라서 창문을 통해 주위를 둘러보니 건물 주위로 삼 인 일 조로 이루어진 경비무사들이 사방을 돌아다니고 있었다.

염사곤의 무위로 이들을 쓰러뜨리는 게 어려운 일은 아니었지만, 몇 명을 쓰러뜨리는 사이 소란스러워져서 무림맹의 비상망이 가동될 확률이 높았다.

'어떻게 해야 하지?'

참 난감한 상황이었다.

혼자라면 바람의 화신이라 불리는 다른 별호답게 육안으로 보이기 힘든 경공을 펼쳐서 도망치는 것이 가능했겠지만, 모용월야를 들쳐 메고선 불가능했다.

더군다나 설유라 역시도 동행하고 있기에 더욱 힘들었다.

[경비가 많이 삼엄하죠?]

설유라의 전음에 염사곤이 고개를 끄덕였다.

이곳은 무림맹의 성 중앙에 위치해 있기 때문에 구조적으로 탈출하기가 제일 힘들었다.

염사곤은 고민이 되었다.

차라리 자신이 희생해서 모든 경비조의 시선을 돌린 후에 설유라를 탈출시키는 편이 좋을지 말이다.

[아가씨, 차라리… 응?]

그녀에게 자신의 의견을 말하려던 염사곤의 표정이 굳었다.

누군가가 구금실이 있는 건물로 다가오고 있었기 때문이다.

이것은 그조차 예상하지 못한 일이었는데, 바로 구금실의 교대가 야간에는 삼교대로 이루어진다는 점이었다.

[옆으로 물러나십시오.]

설유라를 문이 열리고 나서 보이지 않는 사각 지역으로 비키게 한 염사곤은 문 옆에 웅크리고 대기했다.

들어오는 순간 단번에 기절시킬 작정이다.

저벅저벅!

발자국 소리가 문 앞까지 다가왔다.

염사곤이 긴장한 눈빛으로 손날을 펴서 준비했다.

문의 손잡이를 쥐는 소리까지 들리는 순간.

퍽!

"끅!"

'뭐지?'

문의 코앞까지 다가온 교대원의 기척이 뭔가에 맞고 쓰러지는 소리가 들렸다.

의아해하는 순간 구금실 건물의 문이 열렸다.

일단은 누구인지 중요하지 않았다. 염사곤은 일말의 망설임도 없이 문을 열고 들어오는 존재를 향해 손날을 날렸다.

꽉!

'이런?'

정확하게 목을 노렸는데 상대방이 그의 손날을 잡아냈다.

염사곤의 얼굴이 딱딱하게 굳었다.

다른 사람도 아니고 화경의 고수인 그의 손을 막아냈다. 그것도 모자라서 이자의 공력은 그와 버금갈 정도로 심후했다.

'적어도 화경급이다.'

뒤쪽의 횃불에 가려져 얼굴은 잘 보이지 않았지만 적어도 구파일방의 수뇌부급에 해당하는 무공 실력이었다.

당황한 것도 잠시였고 염사곤은 더욱 공력을 끌어 올려 상대방을 잡아당겼다.

문이 열린 상태에서 계속해서 드잡이를 했다가는 야간 경비조에게 들킬 우려가 있기 때문이다.

휙!

버틸 거라고 생각한 것과 달리 정체 모를 자가 염사곤의 당김에 끌려들어 왔다.

염사곤은 그가 들어오자마자 재빨리 문을 닫고 퇴법을 펼쳤다.

그의 폭풍과도 같은 퇴법이 회전하며 정체 모를 자에게 쇄도했다.

파파파팍!

그러나 정체 모를 자는 염사곤의 퇴법에 당황하지 않고 적수공권(赤手空拳)으로 이를 막아냈다.

특별한 초식을 펼친 것은 아니었지만 무공이 뛰어난지 염사곤의 퇴법에서 가장 위험한 식을 전부 상쇄시켰다.

퍽!

"큭!"

물론 전부 막은 것은 아니었다.

우측 어깨를 가격당한 정체 모를 자가 뒤로 밀려났다.

벽에 부딪쳐서 큰 소음이 날 뻔했는데 이자 또한 마치 그것을 원하지 않는 것처럼 다리에 힘을 주어서 멈추었다.

'저자는 대체 누구지?'

설유라의 눈에 이채가 띠었다.

적수공권만으로는 중원무림에서 오황 못지않은, 열 손가락에 꼽히는 고수가 염사곤이었다.

그런 그의 퇴법을 권과 퇴만으로 막아냈으니 대단한 실력자라 할 수 있었다.

'복면?'

정체 모를 이자는 수상하게도 복면을 쓰고 있었다.

그렇다면 이곳 무림맹의 사람이 아니라는 말이다.

[네놈, 누구냐?]

염사곤이 경계심이 가득한 눈빛으로 복면인에게 전음을 보냈다.

그런데 놀랍게도 그의 전음을 들은 복면인이 양손을 들어 올리며 싸울 의사가 없다는 표시를 하는 것이 아닌가.

'대체 무슨 수작인 거지?'

복면을 쓰고 구금실에 나타났다는 것은 무언가 목적이 있다는 말이다.

그런데 자신과 겨루면서 작은 부상까지 당했는데 전혀 싸울 의사가 없다는 듯이 행동하니 더욱 수상할 수밖에 없었다.

[그렇다면 복면을 벗어라.]

이자가 만약 무림맹의 적이라면 살려둘 수 없었다.

도망치는 입장이었지만 염사곤은 여전히 검황에 대한 충성심이 남아 있었다.

염사곤의 전음에 잠시 망설이던 복면인이 결국 쓰고 있던 복면을 벗었다.

'앗?'

그 순간 염사곤을 비롯한 설유라의 두 눈이 커졌다.

복면을 벗자 드러난 얼굴은 뜻밖에도 배신한 검하칠위의 사석인 문율이었다.

문율의 얼굴이 드러나자 염사곤의 몸에서 순간 강렬한 살기가 치솟았다.

[문율!]

[살기를 거두게, 염사곤. 자네의 살기로 인해서 검황과 맹내에 있는 고수들에게 들키길 바라진 않겠지?]

문율이 손사래를 치며 살기를 낮추라는 시늉을 하자 염사곤이 이내 이빨을 뿌득 갈며 살기를 잠재웠다.

배신한 검황의 이제자인 석금명을 추적하는 과정에서 그의 본거지인 섬서성의 금문현까지 갔던 염사곤이다.

그때 두 사람이 어떠한 단체에 속해 있고 검황을 배신했다는 사실을 알게 된 그는 지금까지도 그 분노를 잊지 않고 있었다.

[네놈이 여기가 어디라고 모습을 드러낸 게야?]

당장이라도 퇴법을 펼칠 기세였다.

'하여간 말이 통하지 않는군.'

염사곤의 분노가 담긴 일갈에 문율이 고개를 절레절레 혼들었다.

'어떻게 해야 하지?'

사실 무림맹에 잠입한 문율 역시도 이런 사태가 벌어질 거라고는 예상하지 못했다.

원래의 목적은 구금실에 갇혀 있는 단 한 사람을 구출해서 나가는 것이었다. 한데 뜻밖에도 염사곤과 맞닥뜨리게 되어 어찌해야 할지 고심하는 차였다.

'분명 이 녀석도 구금실에 갇혀 있는 걸로 알고 있었는데.'

문율은 검하칠위 중에서도 지략이 높은 사내였다.

예상하지 못한 상황에 당황하긴 했지만 염사곤이 내공의 금제가 걸려 있지 않고 소리를 죽인 것으로 보아 분명 탈출을 시도했음을 알 수 있었다.

'검황에 대한 충성심이 굉장히 강한 자인데 탈출을 시도했다는 건가?'

[문 대협.]

[아, 아가씨?]

염사곤의 기습 탓에 오직 염사곤만을 의식하고 있던 문율은 귓가로 들리는 설유라의 전음에 당혹감을 감추지 못했다.

방 안의 한쪽 구석 편에 서 있는 설유라와 바닥에 누워 있는 모용월야가 눈에 들어왔다.

그렇다는 것은 염사곤이 그녀를 데리고 탈출하려 했다는 의미가 아닌가.

'잘된 건가?'

문율은 이것이 기회라고 생각했다.

원래는 석금명의 명으로 구금실에 갇혀 있는 설유라를 탈출시키는 것이 목적이었는데, 일석이조로 다시 한 번 염사곤에게 제안을 할 수 있을지도 몰랐다.

[무슨 수작을 부릴 참이냐?]

[염사곤, 어차피 지금은 급한 상황이니 이곳에 온 목적을 말해주겠네.]

[목적?]

[나는 석 단… 아니, 석 공자의 명을 받고 설유라 아가씨를 구출하러 온 거네.]

[뭐? 아가씨를 구출하러 왔다고? 그 말을 내가 믿을 것 같으냐?]

[석 공자가 그녀를 얼마나 생각하는지는 자네도 모르지 않을 텐데?]

문율의 말에 염사곤은 차마 부정할 수 없었다.

검문 산하에 속해 있는 검하칠위 중에서 석금명의 설유라를 향한 연모의 감정을 모르는 이는 아무도 없었다.

하지만 사형들을 친 오라버니처럼 생각하는 설유라의 일관

적인 태도 때문에 석금명은 내내 속앓이를 해야 했다.

'석 공자라면 그럴 만도 하지.'

설유라에 대해 강한 연모하는 마음을 가진 석금명은 늘 그녀의 안위를 걱정했다.

그런 그가 스승의 의심을 사서 구금실에 갇혀 고생하는 설유라를 그냥 내버려 둘 리가 없었다.

[염사곤, 솔직히 말하겠네. 자네도 어차피 탈출하려고 하는 것 같은데, 그렇다면 나와 함께 석 공자에게 가는 것이 어떻겠나?]

[뭣?]

문율의 제안에 염사곤의 얼굴이 무섭게 일그러졌다.

그더러 배신자들과 함께하자는 것은 치욕과도 같은 제안이었다.

[자네가 얼마나 고결하고 충심이 깊은지는 잘 알고 있네. 하나 분명 그때도 말했네. 당금 무림은 자네가 생각하는 것과 다르다고.]

[그렇다고 주군을 배신한…….]

[예전이라면 모르겠지만 지금 자네의 행동도 그 배신에 속하는 것이 아닌가?]

문율의 예리한 일침에 염사곤은 아무 말도 하지 못했다.

그를 비난하기에는 자신 역시도 검황에 대한 의구심과 불만으로 이곳을 탈출하려고 하지 않았는가.

[이렇게 하세. 어차피 자네나 아가씨는 무림맹을 벗어나야 하지 않나? 그렇다면 우리의 도움이 필요할 걸세. 이곳을 벗어나서 다시 논하는 게 어떻겠나?]

문율은 급하게 그를 몰아세우지 않았다.

아무리 곤경에 빠진 상태라고 해도 상대는 검황의 충직한 수하이던 자다.

너무 구석으로 몰아세우면 의도한 것과 다른 방향으로 행동할 수도 있었다.

'자, 이제 어떻게 할 텐가, 검황의 충신이여?'

그런 문율의 의도대로 염사곤은 심각한 고민에 빠졌다.

그 혼자만의 힘으로는 설유라를 데리고 탈출하는 것이 불가능했다. 그렇다고 그들의 도움을 받자니 그 순간부터 검황에 대한 충의를 완전히 저버리는 것이나 마찬가지였다.

[염 대협, 대체 문 대협과 무슨 얘기를 나누는 건가요?]

두 사람 간에 전음이 오가고 있다는 것을 알고 있는 설유라가 물었다.

그녀의 물음에 잠시 망설이던 염사곤이 문율의 제안을 알려주었다.

[사형이 저를 구출하라고 했다고요?]

뜻밖의 말에 그녀 역시도 당혹감을 감추지 못했다.

스승을 배신하고 도망쳤다고 알고 있는 석금명이 자신을 구출하라고 지시했다니 말이다.

참으로 난감한 상황이 아닐 수가 없었다.

스승의 손에서 벗어나기 위해 배신한 사형의 도움을 받아야 하는 처지가 되었다.

말없이 고민하던 설유라가 염사곤을 쳐다보며 고개를 끄덕였다.

[아가씨?]

[일단은 문 대협의 말대로 이곳을 벗어나는 게 우선일 것 같아요.]

[정말 괜찮으시겠습니까?]

설유라의 결정에 염려가 되었는지 염사곤이 걱정스럽게 물었다.

석금명이 딱히 그녀를 향해 해코지를 할 것 같진 않지만 그가 속해 있는 조직이 불분명했기에 우려가 되었다.

그녀가 확실하게 결정한 듯이 고개를 끄덕이자 결국 염사곤도 문율의 제의를 받아들이기로 했다.

[좋다, 일단 이곳을 벗어난 뒤에 다시 이야기하도록 하지.]

염사곤에 받은 문율이 흡족한 얼굴로 입꼬리를 올렸다.

그 모습이 굉장히 불쾌했지만 염사곤은 내색하지 않았다.

[그럼 대체 어떻게 나갈 수 있다는 거지?]

문율이 오긴 했지만 그 혼자서 대체 어떻게 무림맹 밖으로 탈출시킬 수 있다는 건지는 이해가 가지 않았다.

문율이 싱긋 웃더니 갑자기 구금실 건물의 문을 열었다.

"저만 따라오시면 됩니다."

'아니, 대체 어쩌자고?'

당황한 염사곤과 설유라를 바라보며 문율이 괜찮다며 밖으로 나오라고 손짓했다.

밖에는 수많은 야간 경비무사들이 돌아다니는데 대체 무슨 배짱일까.

"나오시죠, 아가씨."

그러나 문율의 말처럼 구금실의 바깥으로 나가자 그 이유를 알 수 있었다.

"준비되셨습니까?"

"아?"

바깥에는 무림맹의 야간 경비조 복장을 한 무사들이 대기하고 있었는데, 그들은 전부 문율이 사전에 맹 내에 잠입시켜 둔 간자(間者)들이었다.

77장
전성기의 힘을 회복하다

티 없는 파란 하늘이 구름 한 점 없이 깨끗하다.

멀리 펼쳐진 드넓은 대지 위로 거대한 산봉우리들이 허공을 둥둥 떠다녔다. 신비하게도 산봉우리에서는 폭포가 떨어지고 있었는데, 그 물줄기의 물방울이 사방으로 산개하여 무지개를 만들었다.

주변은 온통 복사꽃의 분홍빛으로 물들어 있었고, 은은한 향기가 코끝을 간질였다.

이 아름다운 광경에 천마조차도 입을 다물지 못했다.

'여긴 무릉도원(武陵桃源)인가?'

그가 꿈꿔오던 선계가 이런 모습일지도 몰랐다.

이승에서도, 우화등선하여 선계로 진입하는 입구에서도 보지 못한 광경이다.

현세에 부활한 것은 모두 꿈에 불과하였고, 드디어 선계에 진입한 것인가 하는 착각마저 들 정도였다.

넓게 펼쳐진 도화원을 걸으며 들어가 보니 그 한가운데에 맑고 깨끗한 호수가 있었다.

아무것도 없던 호수 위로 잔잔한 물결이 생겨나며 안개가 피어올랐다.

기이한 현상에 천마의 눈에 이채가 띠었다.

끼이익!

뱃사공이 노를 젓는 소리와 함께 안개 속에서 새하얀 나룻배가 나타났다.

사공은 없었는데 배 옆에 걸쳐져 있는 노가 저절로 움직이면서 나룻배가 전진하고 있었다.

'아!'

천마의 두 눈이 커졌다.

뱃머리 위에는 하얀 피부에 머리에 털 하나 없이 반짝이는 동자가 서 있었다.

동자는 특이하게도 복사꽃 세 송이가 피어 있는 나뭇가지를 손에 쥐고 있었는데, 그 모습이 신비로웠다.

'응?'

멍하니 어딘가를 바라보던 동자가 고개를 돌리더니 천마와 눈이 마주쳤다.

동자와 눈이 마주치는 순간 마치 삼라만상이 요동을 치며 천지가 회전하는 느낌을 받았다.

'대체 이건……?'

천마는 자신의 의지와 상관없이 어지러움에 무릎을 꿇고 말았다.

선계에 진입해서 노선인에게조차도 무릎을 꿇은 적이 없는 천마이건만 동자는 그저 눈을 마주친 것만으로 그를 굴복시켰다.

'내가 왜 무릎을 꿇고 있는 거지?'

누구에게도 굴복하지 않는 천마지만 무릎을 꿇었음에도 불구하고 이상하게 화는커녕 기분도 나쁘지 않았다.

마치 모든 것이 자연스럽게 느껴졌다.

탁!

'엇, 언제?'

천마는 자신의 옆에서 느껴지는 기척에 놀라서 배를 쳐다보았다.

뱃머리 위에 서 있던 동자는 사라져 있었고, 어느새 자신의 옆에 있는 바위에 걸터앉아 있었다.

'대체 이 동자는 누구지?'

선인으로서의 공부인 원영신을 단련하고 무로써는 그 끝이라 할 수 있는 대연경에 오른 천마가 기척조차 감지하지 못했다.

의아한 표정으로 쳐다보는 천마를 바라보며 동자가 싱긋 웃었다.

그러고는 복사꽃 나뭇가지로 호수를 가리켰다.

'엇? 배가 어디 갔지?'

놀랍게도 호수의 허공 위에 깔려 있던 안개 위로 떠다니던 나룻배가 사라지고 없었다.

맑고 깨끗한 호수는 파란 하늘을 비추는 거울과도 같았다.

동자가 세 송이의 복사꽃 중에 하나의 잎을 따더니 손바닥 위에 올려놓고 입 바람을 불었다.

스르릉!

그러자 분홍 꽃잎이 나비처럼 팔랑거리며 날아가 고요한 호수의 한가운데로 떨어졌다.

꽃잎이 호수에 떨어지자 물결이 퍼져 나가며 기이한 현상이 일어났다.

파란 하늘을 비추던 거울 같은 호수의 곳곳에 붉은 기운이 서리며 퍼져 나가고 있었는데, 그 모습이 마치 물에 핏방울을 떨어뜨린 것만 같았다.

'허어.'

파란 호수는 어느새 붉게 물들어 마치 피로 이루어진 호수처럼 바뀌었다.

그 모습에 천마가 눈살을 찌푸렸다.

화르르륵!

그때 호수의 한복판에 불꽃이 피어올랐다.

물 위도 아니고 물속에서 피어난 불꽃은 기이하기 짝이 없었다.

불꽃은 신기하게도 검고 붉은 기운을 동시에 띠고 있었는데, 점차 불기운이 커지며 호수를 들끓게 만들었다.

'호수가?'

한번 들끓기 시작한 호수는 새하얀 수증기를 만들어내며 말라갔다.

그러더니 이내 호수의 물은 사라지고 거대한 구덩이만 덩그러니 남고 말았다.

구덩이의 물기는 사라진 지 오래였고, 메마른 사막처럼 갈라진 바닥에 검붉게 그을린 모래만이 남았다.

'아?'

문득 동자를 바라보았는데, 해맑던 눈망울에서 눈물이 흘러내리고 있었다.

눈물을 흘리던 동자는 천마에게 복사꽃 한 송이를 따서 건

넀다.

'뭐, 뭐… 어쩌라는 거야?'

동자는 메마른 구덩이를 나뭇가지로 가리켰다.

아무래도 꽃송이를 구덩이에 던지라는 의미인 듯했다.

잠시 고민하던 천마가 꽃송이에 내공을 실어서 구덩이의 한가운데로 날렸다.

동자가 날렸을 때와 다르게 내공이 실린 꽃송이는 빠르고 정확하게 날아가 구덩이의 한가운데에 안착했다.

'왜 던지라고 한 거지?'

바닥에 떨어져 있는 꽃송이를 보며 의아해하던 순간이다.

꽃송이에서 오색 빛깔이 새어 나오며 갑자기 분수처럼 물이 뿜어져 나왔다.

솨아아아!

"신기하긴 한데 저 정도로 여기 물이 가득……."

찰 리가 없다고 얘기하려는 찰나에 바람을 타고 복사꽃의 꽃잎들이 날아가 구덩이로 퍼져 나가더니 천마가 날린 꽃송이처럼 물줄기를 뿜어댔다.

수천, 수만에 이르는 꽃송이에서 뿜어져 나오는 물줄기는 눈 깜짝할 사이에 호수를 메워 다시 푸르고 맑은 모습을 되찾았다.

마치 아무 일도 없던 것처럼 깨끗해진 호수에 천마가 퉁명

스러운 말투로 동자에게 말했다.

"대체 이걸 내게 보여주는 이유… 엇?"

조금 전만 하더라도 옆에 있던 바위에 걸터앉아 있던 동자
가 사라졌다.

호수 위에도, 복사꽃으로 가득한 도화원에도 동자의 모습
은 보이지 않았다.

귀신이 곡할 노릇이었다.

그런 천마의 귓가에 익숙한 목소리가 들려왔다.

"…사 어……."

쿵쿵!

"…조사 어른!"

쿵쿵!

뭔가가 울리는 소리와 함께 그의 눈앞에 펼쳐져 있던 무릉
도원이 한 줌의 신기루처럼 가루가 되어 사방으로 흩날려 사
라졌다.

코끝을 간질이던 복사꽃 향기는 자취조차 남지 않았다.

"조사 어른!"

모든 것이 무(無)로 돌아가 눈앞에 어둠만이 남았을 때 귓
가를 울리는 뚜렷한 목소리에 천마는 속에서부터 부아가 치
밀어 올랐다.

그것은 선계로 진입하기 전에 모든 것을 망쳤을 때의 기분

과 동일했다.

"으아아아아아! 씨바아아아알!"

퍽!

"끄어어어어억!"

콰앙!

고통스러운 비명과 함께 누군가가 천마의 오른손 주먹에 맞고 튕겨 나갔다.

내공을 사용한 것도 아니었지만 외공의 극에 이른 북호투황의 오른팔의 완력은 그야말로 괴물과도 같은 힘을 지녔다.

그 힘이 어찌나 강했는지 동굴 벽에 박혀 버릴 정도였다.

천마가 눈을 떠보니 마교 내 금지에 자리한 교주 전용 수련 동굴이었다.

"뭐지?"

꿈이라고 하기에는 너무도 선명하고 그 복사꽃 향마저도 코끝에 아른거리는 느낌이다.

눈을 떠보니 모든 것이 꿈이었다고 하기에는 너무 뚜렷해 기분이 최악이었다.

쿨럭쿨럭!

그때 벽에 박혀 있던 그 누군가가 내상을 입었는지 선혈을 흘리며 일어났다.

그는 마교의 교주인 천극염이었다.

'하마터면 죽을 뻔했다.'

천마의 주먹에 닿는 순간 공력의 유동을 느끼지 못했기에 내공으로 몸을 보호하지 않고 있던 그다. 또한 설마 교주이자 후손인 자신을 때릴까 의심한 것도 컸다.

하나 적어도 갈비뼈가 두 대는 나간 것 같았다.

그런 천극염을 보며 천마가 한심하다는 듯이 말했다.

"뭐야? 너였느냐?"

"조… 조사 어른……."

"그 정도에 부상을 입다니, 아직 멀었구나. 쯧쯧."

천극염이 황당하다는 얼굴로 천마를 바라보다 고개를 푹 숙였다.

아들인 여휘 녀석이 조사 어른만 대하면 왜 그렇게까지 두려워하는지 이해가 갔다.

"후우, 조사 어른, 괜찮으신 겁니까?"

"무엇을 말하는 것이냐?"

사실 천극염은 천마가 잠시 쓸 데가 있다고 하여 천마검을 빌려주었는데 삼 일 내내 모습을 보이지 않아 걱정스러운 마음에 수련장에 온 것이다.

평소의 천마라면 현경의 고수라고 할지라도 일정 간격에 진입하면 알아챘는데, 코앞까지 와도 아무 반응조차 보이지 않았다.

혹시나 주화입마라도 입은 것인가 싶어서 건들지 못했다.
불과 방금 전까지만 해도 천마의 모습은 영혼이 없는 빈껍데
기처럼 느껴질 만큼 공허했다.

"조사 어른께서 아무 반응이 없으셔서 걱정했습니다."

"내가 아무 반응이 없었다고?"

그만큼 천마는 완전히 무방비 상태였다.

만약 천극염이 아닌 적이 가까이 다가왔다면 죽일 수도 있
을 정도였다.

천극염의 말을 듣고서야 천마는 자신이 방금 전까지 본 것
들이 그저 단순한 꿈이 아님을 확신할 수 있었다.

'노선인의 짓인가?'

원영신을 단련한 그의 혼백에 간섭할 수 있는 것은 선계의
존재뿐이었다.

그러나 그 동자를 떠올리면 노선인보다도 더욱 고차원적인
존재라는 생각이 들었다.

어쩌면 삼청(三淸) 중의 하나가 아닐까 하는 의문마저 생겼
다.

"조사 어른?"

"에이! 이걸 가지러 온 것이냐?"

뭔가 깊이 생각하려 할 때마다 천극염이 말을 걸어오는 통
에 집중이 되지 않았다.

천마가 자신의 앞에 있는 청옥석에 올려 있는 천마검을 들어서 천극염에게 던졌다.

탁!

'아?'

얼른 검을 잡아낸 천극염이 묘하게 달라진 천마검의 느낌에 인상을 찌푸렸다.

천마에게 검을 빌려주기 전까지의 천마검은 현천신공에 공능하는 것 이상으로 그 마기의 정수가 지나치게 강해서 다루기 힘든 야생마와 같았다면, 지금은 그 기세가 가라앉아 한결 편한 느낌이 들었다.

"정수를 흡수하신 겁니까?"

"네 녀석이 쓸 수 있는 만큼은 남겨놓았다."

그건 당연히 알고 있었다.

우화등선 직전의 천마가 천마검에 불어넣은 마기의 정수는 그 기운이 현경의 경지에 오른 천극염마저도 완전히 활용하는 것이 불가능할 정도로 강렬하면서도 거대했다.

'그 엄청난 기운을 흡수하신 것인가?'

정수를 흡수하기 전에도 괴물 같은 신위를 자랑하던 천마이다.

그런데 천마검에 담겨 있던 정수마저 흡수했다면 대체 어느 정도일지 짐작이 가지 않았다.

결례인 줄 알고 있지만 궁금해진 천극염이 조심스럽게 물었다.

"…조사 어른, 힘을 완전히 회복하신 겁니까?"

"완전히? 네 녀석이 내 완전한 힘은 알고 있는 것이냐?"

"그, 그야……."

당연히 알 수 없었다.

이때까지 보여준 능력만으로도 오황을 훨씬 상회하는 무력을 지닌 천마인데 이게 아직도 전성기의 힘에 못 미친다는 말을 쉽게 믿기 힘들었다.

"흠."

천마도 천극염의 말에 자신이 정수를 얼마만큼 흡수했는지 궁금해졌다.

천마검에 담긴 정수를 흡수하는 과정에서 상상을 초월하는 고통을 이겨내고 그 힘을 체화시키는 데 전력을 다한 천마였다.

물론 그 과정에서 탈진하고 나서 방금 전의 꿈같은 일을 겪었다.

"아?"

저벅저벅!

천마가 말없이 수련 동굴을 나서자 천극염이 뒤를 따랐다.

동굴을 나와서 금지의 정원 한편에 자리한 천마가 천극염을 물러나게 했다.

"떨어져 있어라."

"알겠습니다."

천극염이 그에게서 떨어져 정원의 반대편까지 물러나자 천마가 체내에 잠재되어 있는 마기를 일깨우기 시작했다.

현천신공을 운용하자 천마의 몸에서 검은 아지랑이가 피어오르기 시작했다.

'드디어 조사 어른의 전성기적 힘을 볼 수 있는 건가?'

그때였다.

일순간에 천극염의 시야가 검게 물들며 사방이 암흑이 되었다.

자신이 눈을 감은 것인가 했는데 분명히 주변이 어두워진 것이 틀림없었다.

'이게 대체? 엇?'

분명 육성으로 말을 하고 있었는데 물속에 있는 것처럼 입만 벙긋거리는 느낌이다.

그는 그제야 깨달았다.

모든 것이 심연과도 같은 어둠에 잠식되면서 그는 의식하지 못하는 사이에 엄청난 공포와 두려움에 빠져서 호흡조차 제대로 하고 있지 않았던 것이다.

털썩!

'이게… 이게 뭐야? 주, 죽을 것 같다.'

무력해진 천극염은 오감을 잃은 사람처럼 굳어 바닥에 쓰러지고 말았다.

마기를 가진 자는 더욱 강한 마기를 지닌 자에게 굴복한다.

현천신공의 근원이자 마도의 종주인 천마는 마인들의 정점이자 마기로는 누구도 대적할 수 없는 절대적인 지존이었다.

사방으로 뻗어나간 마기는 순식간에 마교의 성 내 전체로 퍼져 나갔다.

금지를 중심으로 물결이 퍼져 나가듯 마교 내에 있는 무사들과 여러 고수들이 하나같이 실 끊어진 인형처럼 바닥으로 쓰러졌다.

유일하게 쓰러지지 않은 자들은 마기를 익히지 않은 무인들이었는데, 그들은 마인들처럼 쓰러지진 않았지만 극심한 공포심에 몸을 떨었다.

객당에 머물고 있는 약선 백오와 괴의 사타는 함께 의학에 대해 논의하고 있었는데, 순간 등골부터 시작해서 올라오는 소름 끼치는 기운에 몸을 꼼짝할 수가 없었다.

"헉헉……."

심장을 옥죄는 느낌에 사타는 식은땀마저 흘렸다.

"서, 설마 마기인 건가?"

무공을 익히지 않은 사타와 달리 백오는 이것이 마기라는 것을 알 수 있었다.

하지만 안다고 해서 대항할 수 있는 것은 아니었다.

백오도 이내 식은땀을 흘리며 답답했는지 호흡이 거칠어졌다.

한편, 객당에는 현 중원무림의 절대자인 오황이 있었다.

동쪽 객당의 숙소에 기거하는 동검귀 성진경의 얼굴이 딱딱하게 굳었다.

"이건 대체?"

성 전체로 뻗어나가며 요동치는 거대한 마기가 그의 오감을 자극했다.

끝없는 어둠과도 같은 마기는 흡사 모든 것을 집어삼킬 것만 같은 두려움을 자아냈다.

마교에 있기 때문에 마기를 감지하는 일은 종종 있었지만 이것은 너무도 위험하다는 생각이 들었다.

'…설마 주군인가?'

마교 내에서 가장 강한 마기를 지닌 자는 오직 천마뿐이었다.

그런데 그가 알고 있던 천마의 마기보다도 훨씬 강렬했기에 경각심이 들 수밖에 없었다.

이 정도 마기라면 인간이 낼 수 있는 한계를 지나쳤다.

팍!

성진경은 곧장 숙소를 나서서 마기가 퍼져 나오는 진원지로 경공을 펼쳤다.

이것을 느낀 것은 동검귀 성진경뿐만이 아니었다.

서쪽 객당에 있던 서독황 구양경 역시도 마기를 감지했다.

마교와 동맹을 맺고 객으로 온 이후 처음 느껴보는 전율적인 마기에 그의 눈빛이 흔들렸다.

"이게… 정녕 인간의 몸에서 내뿜는 마기라고?"

백타산장에서 느낀 혈마기가 사악한 기운을 내포했다면 이것은 끝없는 어둠과 공포심, 두려움을 자아냈다.

현경의 극에 이른 그조차도 식은땀이 날 만큼 강한 경계심을 가지게 만들었다.

대체 무슨 일이 벌어졌는지 의아해진 구양경은 사장을 챙겨서 급히 마기가 뻗어 나오는 진원지를 향해 경공을 펼쳤다.

마기의 진원지를 찾는 것은 어려운 일이 아니었다.

그것은 육안으로도 판별이 갈 정도였다.

"저건 대체……?"

마교의 금지 쪽에서 검은 마기가 유형화되어 회오리를 치며 위로 솟구치고 있었다.

그것이 강한 파동을 일으키며 검은 운무가 파도의 물결처럼 사방으로 퍼져 나간 것이다.

마교의 금지라 불리는 지역이었지만 지금은 그것을 신경 쓸 겨를이 없었다.

슉!

"엇? 동검귀?"

구양경의 눈에 동쪽 객당의 지붕 위로 올라와 금지를 향해 경공을 펼치는 동검귀 성진경이 보였다.

'클클, 하긴 노부가 느낀 것을 녀석이 눈치채지 못할 리가 없지.'

구양경은 놓칠세라 경공에 박차를 가해 성진경의 뒤를 따랐다.

무공은 몰라도 경공은 동검귀 성진경이 한 수 위였다.

먼저 성진경이 도착하고 얼마 있지 않아 구양경 역시도 금지에 도착했다.

"이게 대체 무슨 영문이지?"

성진경은 눈앞의 거대한 검은 마기의 회오리를 바라보며 입을 다물지 못했다.

무형의 기운인 마기가 유형화된 것 같았는데, 그 기세가 맹렬하고 사나워서 회오리의 안으로 진입하기조차 힘들어 보였다.

"이게 뭔지 알겠나?"

구양경 역시도 많이 놀랐는지 심각한 눈빛으로 성진경에게 물었다.

성진경이 검은 회오리 속을 가리키며 말했다.

"주군이 틀림없소."

마기가 회오리처럼 몰아치는 한가운데로 흐릿하지만 익숙한 인영이 보였다.

흑색 장포에 두 눈을 감은 채 숨 막힐 것 같은 엄청난 마기를 내뿜고 있는 천마의 모습은 흡사 마왕과도 같았다.

"천… 마 공?"

구양경은 무림맹에서 혈교대전을 치른 후 천마의 진정한 정체를 알게 되었다.

많이 놀란 것도 사실이지만 구양경은 내심 천마의 정체를 알고 나서 다행스럽게 여겼다.

전대 오황들과의 논검 후 서역의 백타산으로 돌아온 구양경은 더욱 수련에 매진했고, 현경의 극에 이른 후에는 스스로를 천하제일로 자부했다.

그러나 백타산장에 강림한 혈마와 천마의 무위를 본 후에는 실망을 금치 못했다.

그래서 천마를 태상교주인 천여극보다도 전대 교주로 짐작했는데, 마교의 개파 조사이자 전설적인 무인임을 알고는 위안을 삼을 수 있었다.

"허어!"

구양경의 입에서 탄성이 흘러나왔다.

천마가 대연경의 경지에 올랐다는 것은 알고 있었지만 이 정도일 줄은 몰랐다.

이것은 백타산장에 강림한 혈마가 보인 혈마기의 폭풍을 훨씬 상회하는 기세였다.

"엇?"

그때 성진경이 정원의 한쪽 편에 무력하게 쓰러져 있는 마교 교주 천극염을 발견했다.

"천 교주?"

성진경이 급히 달려가 메고 있던 철갑을 내려놓고 천극염의 상태를 살폈다.

천극염은 무슨 이유에서인지 모르나 오감을 잃은 사람처럼 멍한 눈빛으로 숨조차 제대로 쉬지 못하고 있었다.

"흡! 흡! 흡!"

극도의 두려움을 느낀 사람이 제대로 호흡하지 못하는 것처럼 짧은 숨을 들이켜기만 했다.

'왜 이런 거지?'

그것은 마인이 좀 더 상위 마공의 소유자에게 기세로 제압당했을 때의 증세였다.

마인들은 자신보다도 강한 마기에 두려움을 느끼는데 지

금 마기를 내뿜고 있는 이는 누구도 아닌 마도의 종주인 천마였다.

원래 천마가 북해의 마맥에서 얻은 순도 깊은 마기만으로도 마인들이 꼼짝할 수 없는 수준이었지만, 그가 우화등선 전에 가지고 있던 정수를 흡수하면서 생전 전성기적 마기를 완전히 회복하여 넘볼 수 없는 벽이 되고 말았다.

'천 교주의 상태가 위험해 보이는데.'

라고 생각하는 차였다.

위압적으로 몰아치던 마기의 폭풍이 수그러들며 사방으로 뻗어나가던 마기의 운무가 천마의 몸으로 순식간에 빨려들어왔다.

"쿨럭쿨럭!"

사방으로 요동치던 천마의 마기가 수그러들자 천극염의 시야가 돌아오며 막힌 호흡이 제대로 되었는지 미친 듯이 기침을 해댔다.

"천 교주, 괜찮소?"

"쿨럭쿨럭! 성 대협."

같은 오황인 동검귀에게 이런 모습을 보이는 것은 수치스러운 일이었다.

하지만 천마가 내뿜는 마기에 무력하게 굴복할 수밖에 없었다.

마도의 종주라는 칭호에 부합하는 힘이었다.

"클클, 대단하구려, 천마 공. 그때 겨뤘을 때도 대단하다고 생각했지만 이 정도일 줄은 몰랐소."

어느새 천마의 곁으로 다가간 구양경이 자연스레 감탄했다며 말을 걸었다.

두 눈을 감고 있던 천마가 천천히 눈을 뜨며 흡족한 표정을 지었다.

팔이 잘린 사마영천의 육신으로 들어왔을 때만 하더라도 어떻게 힘을 회복해야 하나 노심초사했는데, 드디어 전성기 때의 힘을 완전히 회복했다.

"흠, 마침 잘됐군."

"응? 무엇이 말이오?"

천마는 눈앞에 있는 서독황 구양경과 천극염을 부축하고 있는 동검귀 성진경을 바라보면서 이번에는 직접 무공을 겨뤄서 상태를 확인하고 싶어졌다.

적어도 오황급이 아니고는 무공을 시험해 볼 상대가 없었다.

"가벼운 대련."

"대련?"

"그래. 되도록 두 사람이 동시에 덤벼줬으면 좋겠는데. 이왕이면 죽을 각오로 말이야."

이어지는 천마의 오만하다 못해 광오하기까지 한 말에 구양경을 비롯한 성진경의 얼굴이 싸늘하게 굳었다.

'하! 둘이 동시에?'

성진경 역시도 최근 들어서 현경의 극을 이루면서 무공이 훨씬 진일보하였다.

열두 자루의 보검으로 펼치는 이기어검으로 척사검공을 쓸 수 있을 만큼 강해진 그는 지금이라면 천마와 겨룬다고 해도 지지 않을 자신이 있었다.

한데 그런 그에게 합공으로 덤비라고 하니 자존심이 상하지 않을 수 없었다.

"클클."

성진경과 마찬가지로 자존심이 상한 것은 구양경 역시도 마찬가지였다.

다른 사람도 아니고 현 무림에서 정점이라 불리는 오황 중에서도 가장 위험한 남자라 불리는 서독황 구양경이었다.

논검에서도 네 고수가 가장 먼저 동시에 공격할 만큼 그의 독공은 최고라 자부했다.

구양경이 싸늘하게 식은 목소리로 특유의 웃음을 흘리며 말했다.

"천마 공, 공이 강한 것은 알고 있지만 노부와 동검귀를 동시에 상대하다니 경솔한 판단인 것 같네만."

그런 그들의 반응은 전혀 신경 쓰지 않는지 천마가 대수롭지 않게 말했다.

"뭘 그리 말이 많은 것이냐? 잔말 말고 덤벼라."

"엇?"

선전포고를 하는 것과 동시에 천마가 손을 뻗어 일장을 날리자 구양경은 어쩔 수 없이 일장을 날리며 대응해야만 했다.

광오한 천마의 말에 기분이 상한 구양경은 단번에 팔 성 공력의 일장을 펼쳤다.

팡!

두 고수가 손을 맞부딪치자 강한 파공음이 일어나며 구양경의 신형이 뒤로 다섯 보 이상 밀려났다.

속에서 신물이 올라왔다.

'무, 무슨 공력이……?'

백타산장에서 겨룰 때보다도 훨씬 강해진 공력에 놀란 구양경의 눈이 커졌다.

천마가 왼손을 회전하며 끌어당기는 시늉을 하자 강한 공력이 일어나며 진경이 몸이 천마에게로 끌려갔다.

'정말 우리 두 사람을 상대할 작정인가?'

아무리 주군으로 모시기로 했다지만 황당하기 그지없었다.

전설적인 무인인 천마라고 할지라도 상대는 현 무림의 정점인 오황들이다.

성진경은 공력에 의해 몸이 끌어당겨지는 순간에 검지로 곡산검공의 검초인 오일패산(昨日敗山)을 펼치며 천마에게로 쇄도했다.

채채채챙!

천마가 왼손을 검지로 바꾸며 검기를 일으켰다.

성진경이 펼친 오일패산의 초식을 천마는 발걸음조차 움직이지 않은 채 검지로 초식을 펼쳐서 막아냈다.

검지로 초식을 막은 것이 끝이 아니었다.

오른손으로 현천유장의 장법을 펼쳐서 검초를 펼치는 성진경의 오른쪽 가슴에 일장을 먹였다.

퍽!

"크헉!"

장력에 실린 가늠하기 힘든 심후한 공력에 성진경은 속이 뒤틀리는 것만 같았다.

짧은 순간 호신강기로 막았는데도 그 위력이 상상을 초월했다.

상해에서 겨뤘을 때의 천마의 공력은 이 정도가 아니었다.

"제대로 하겠소, 주군."

무공이 진일보한 것 때문에 자존심을 부릴 상황이 아니라는 것을 깨달은 성진경은 전력을 다하기로 결심했다.

성진경이 손을 뒤로 뻗자 천극염의 옆에 내려놓은 철갑이 갈라지며 열두 보검이 허공으로 떠올랐다.

전력을 다하기로 생각한 것은 동검귀 성진경뿐만이 아니었다.

쏴아아아아아!

정원의 나무와 풀이 검게 물들며 녹아내렸다.

사방으로 강한 독기가 퍼져 나오며 서독황 구양경의 사장에 보랏빛 독강이 형성되었다.

현 중원무림의 최고의 고수라 불리는 오황의 두 명이 처음으로 합공을 펼치기 위해 천마의 앞에 나란히 섰다.

그러자 기대감으로 가득 찬 천마의 입꼬리가 올라갔다.

먼저 공격한 것은 구양경이었다.

그의 신형이 번개처럼 천마에게로 쇄도해 보랏빛 독강을 내뿜는 사장을 휘둘렀다.

무공의 극에 이를수록 초식은 복잡해지기보다 간결해지고 초의에 많은 것을 담게 된다.

천마가 오른손으로 현천유장의 부드러운 장결을 일으켜 사장의 경로를 빗겨나게 만들었다.

파팍! 까가가강!

빗겨나간 사장의 독강이 부딪친 것은 다름 아닌 허공에서 날아오던 두 자루의 보검이었다.

'이렇게 쉽게 눈치채다니!'

성진경의 눈이 이채를 띠었다.

구양경이 선공하는 그 틈을 놓치지 않고 후방을 노린 성진경이었다.

서로 합을 맞춘 것도 아닌데 교묘한 수라고 할 수 있었다. 천마는 눈이 뒤에 달린 것도 아닌데 구양경의 공격을 이용하여 막아냈다.

"홍!"

쾅!

구양경이 사장을 바닥에 내리꽂으며 이를 지탱한 상태로 퇴법을 펼쳤다.

'퇴법도 할 줄 알았나?'

사장으로 펼치는 무공이나 장법이 주 무공이라 생각했는데 예상과 달리 퇴법을 펼쳤다.

속사포처럼 날아오는 발차기에 천마가 왼손의 유연한 장법으로 이를 막아냈다.

퇴법에 실린 공력은 구양경의 십 성 공력이었다.

'전력을 다하는 건가?'

좌르르르르!

퇴법을 막아내는 천마의 발이 바닥을 끌며 뒤로 밀려났다.

그사이에 성진경의 손이 번쩍이며 천마의 미간을 향해 일검이 찔러들어 왔다.

성진경의 일검이 천마의 미간 바로 앞에 닿기 직전, 천마가 오른손을 들어 손가락을 튕겼다.

탱!

"흐엇!"

쇄도해 오던 검에 강한 울림과 함께 옆으로 휘어지며 성진경의 손을 벗어났다.

검에서 손을 떼지 않았다면 손이 찢겨져 나갈 뻔했다.

"판단이 좋군."

"큭!"

천마의 칭찬은 오히려 성진경을 도발하는 말과도 같았다.

성진경은 검을 놓친 손을 검지로 바꾸어 그대로 다시 한 번 천마에게 검기를 날렸다.

천마가 목을 옆으로 젖히며 그의 검기가 애꿎은 허공을 스쳐 지나갔다.

"클클, 노부를 간과하고 있군."

구양경의 사장에서 머리만 한 보랏빛 독강이 빠르게 쇄도하여 천마의 등을 때렸다.

팡!

맨몸으로 구양경의 독강을 받아낼 고수는 세상에 존재하지 않았다.

그냥 강기도 스치기만 해도 위험한데 독기를 담고 있는 강기는 오죽할까.

"아니?"

그런데 구양경의 입에서 경악성이 흘러나왔다.

천마의 빈틈을 공략한 일격이었기에 확실하게 등을 맞췄다고 생각했는데 천마의 신형이 흐릿해지며 사라진 것이다.

'사라졌다. 설마 위?'

구양경과 성진경이 동시에 위를 쳐다보았다.

천마의 신형이 어느새 허공으로 떠올라 있었고, 그가 손을 뻗자 청옥석 수련실에 둔 현천검의 검집이 빨려들어 왔다.

"칫!"

성진경이 양팔을 날개처럼 펼쳤다가 천마가 있는 허공을 향해 모으자 열두 자루의 보검이 일제히 화살처럼 그에게로 쇄도했다.

천마가 검집에서 현천검을 뽑아 촘촘한 검망을 만들어냈다.

열두 자루의 보검이 검초를 펼치기도 전에 검망에 갇혀서 옴짝달싹하지 못했다.

"좋은 위치에 있구려, 천마 공!"

촤아아아아!

구양경이 허공을 향해 전력을 다해 독강을 날렸다.

거대한 보랏빛 독강이 대포처럼 천마를 향해 일직선으로 뻗어나갔다.

검망으로 이기어검을 막고 있으니 독강을 피했다가는 열두 자루의 보검이 그물에서 풀려나게 될 것이다.

"제법이군."

당황할 거라 여긴 천마가 여유롭게 왼손의 검지로 독강을 향해 검기를 날렸다.

검망을 펼치는 데 내공의 순환이 집중되어 있었기 때문에 다른 한 손으로 강기까지 끌어내는 것은 무리였다.

"강기에다 검기를? 무슨 소용없는 짓을!"

그러나 그것은 단순한 검기가 아니었다.

검은 빛을 내고 있는 검기에는 천마의 마기가 실려 있었다.

꽝!

검기와 부딪친 독강은 그것을 가볍게 튕겨냈지만, 분천의 힘이 실려 있는 검기와 부딪치면서 원래의 경로에서 벗어나 버렸다.

경로를 벗어난 독강은 목표인 천마가 아닌 다른 곳으로 날아가 버렸다.

"기가 막히는군. 과연 천마 공이야!"

구양경이 탄성을 내질렀다.

작은 힘으로 큰 힘의 방향을 바꾸는 것 또한 무의 이치였다.

그것을 실천으로 행하는 것이 가장 힘들다.

"후우!"

성진경의 입에서 뜨거운 입김이 흘러나오며 최상의 공력으로 운기를 마쳤다.

검망에 갇혀서 옴짝달싹하지 못하던 열두 자루의 보검이 파르르 떨리더니 새하얀 빛을 강렬하게 내뿜으며 강기가 형성되었다.

"이기어검강?"

파파파파파팡!

열두 자루의 검으로 펼치는 이기어검강은 가히 장관이라 할 수 있었다.

천마가 펼치는 별리검법의 검의를 담은 검망이 아무리 촘촘하다고 해도 열두 자루의 이기어검강을 가두기에는 벅찼다.

열두 자루의 보검이 천마의 검망을 부수고 자유를 되찾았다.

"오오!"

구양경조차도 감탄을 금치 못했다.

현경의 경지에 오른 고수라고 해도 이기어검강을 펼치면 공력과 심력의 소모가 상상을 초월한다.

그런데 성진경은 열두 자루로 이기어검강을 펼쳤으니 그야 말로 이기어검의 최고 경지에 올랐다고 할 만했다.

"후우!"

성진경의 이마에 땀방울이 송골송골 맺혀 있다.

부단히 수련하여 이만큼 다룰 수 있게 되었다고 하지만 아직 열두 자루의 이기어검강으로 펼칠 수 있는 초식은 단 한 번에 불과했다.

'한 번에 승부를 봐야 한다.'

집중하는 성진경을 바라보며 구양경은 그가 최고의 절초를 펼칠 것임을 눈치챘다.

상대는 대연경의 경지에 오른 전설적인 무인이다.

소모전을 펼치기보다는 최고 절기로 승부를 내는 것이 더욱 승산이 있었다.

'그렇다면!'

구양경이 사장을 바닥에 던지고 자세를 낮추었다.

그의 얼굴이 보랏빛으로 물들고 입고 있는 옷이 부풀며 두꺼비와 같은 모습이 되었다.

그것은 진신합마공을 펼치기 위한 최고 공력을 끌어 올리는 과정이었다.

주변이 세 절대 고수의 진기로 가득 차서 정원 전체의 공기가 무겁게 가라앉았다.

"어, 엄청나다."

마기의 여파로 정신을 못 차리던 교주 천극염은 어느새 그들의 대결을 집중해서 지켜보고 있었다.

현경의 경지에 올랐고 오황의 칭호를 가지게 되면서 무공에 자신을 되찾은 천극염은 세 절대자의 대결에 연신 경악을 금치 못했다.

'이게 무림 최고 고수들의 진정한 대결인 것인가?'

그들이 펼치는 초식 하나하나가 절초이자 필살의 식이었다.

대련이 아니라 누가 죽더라도 이상하지 않은 상황이었다.

'끝장이라도 보려는 것인가?'

세 사람이 풍기는 기세가 심상치 않았다.

가장 먼저 움직인 것은 동검귀 성진경이었다.

그가 양손을 움직이자 이기어검강이 실린 열두 자루의 보검이 천마의 주변을 둘러싸며 곡산검공의 검초를 펼치며 쇄도해 왔다.

이기어검강으로 펼치는 열두 초식의 위력은 가히 최고라 할 만했다.

'어떻게 막을 겁니까?'

성진경은 이 초식을 누구도 막지 못할 거라고 장담했다.

전 방위에서 펼쳐지는 이기어검강으로 펼치는 곡산검공은 아무리 천마라고 해도 어찌할 방법이 없을 것이다.

하지만 그들이 최고 절기를 펼치기 위해 최고 공력으로 운기했듯이 천마 역시도 현천신공의 십삼 단공의 현천강기를 운용하고 있었다.

"내게서 이 정도까지 끌어낸 것은 검선 이래로 네 녀석들이 처음이다. 파(破)!"

현천강기의 두 번째 경지인 파천(破天).

천마가 몸을 회전하며 별리검법의 절초인 곡우천명(哭雨天鳴)을 펼치자 그의 검이 검은 빛 궤적을 그렸다.

채채채채채채챙!

열두 자루의 곡산검공 검초의 하얀 빛 강기와 검은 빛 궤적이 강한 파공음과 불똥이 만들어내며 주변으로 엄청난 여파를 내뿜었다.

파팡! 쿠르르릉!

금지 주변에 있던 건물들이 일제히 그들의 초식이 맞부딪치는 파동에 무너져 내렸다.

정원의 바닥이 갈라지며 수많은 검흔이 생겨났다.

"크윽! 무슨 여파가 이렇게……!"

대결을 지켜보던 천극염은 검강을 펼친 천마검으로 검막을 만들어내 파동을 막아냈다.

최강의 대결을 관전하는데 목숨이 위태로울 지경이다.

현경 초입의 고수인 그조차 이 정도인데 어지간한 고수들은 가까이서 관전하는 게 불가능할 듯했다.

챙강! 챙강!

열두 이기어검강 중에서 네 자루의 보검이 검은 빛 궤적과 부딪치면서 산산이 부서지며 바닥으로 떨어졌다.

모든 것을 파괴하는 파천의 기운이 실린 별리검법의 초식을 견디지 못한 것이다.

하지만 성진경이 펼치는 열두 곡산검공의 검초 또한 빈틈이 없었기에 검이 부서지면서도 천마가 허공에 갇혀서 옴짝달싹하지 못하고 있었다.

"지금이다!"

네 자루의 검이 있던 방위가 비면서 구양경이 공격할 수 있는 틈이 생겼다.

바닥에 납작 엎드린 채 진신합마공의 공력을 최대로 운기한 구양경의 신형이 튀어올랐다.

허공으로 치솟은 구양경은 양손이 아닌 일검에 집중하듯 오른손 중지에 모든 기운을 모았다.

스스로가 합마공의 진수가 되는 진신합마공 지화일체였다.

"조, 조사 어른!"

천마의 위기에 천극염이 자신도 모르게 외쳤다.

'이건 위험한데.'

성진경이 펼치는 최고의 절초를 막아내고 있지만 천마가 구양경에 대한 경각심을 낮추고 있을 리가 만무했다.

오직 한 점에 모든 역량을 집중한 저 초식은 현천강기 파천의 경지에 버금갈 만큼 엄청난 파괴력을 가지고 있었다.

검 네 자루가 어이없이 부서지면서 성진경은 검초에 검강을 내뿜는 방식으로 직접적으로 검의 궤적에 부딪치는 것을 피했다.

덕분에 천마는 허공에 갇혀서 벗어날 수가 없었다.

'잘도 머리를 굴렸어.'

천마가 곡산검공의 초식을 벗어나는 것은 시간문제였지만 그를 향한 죽음의 손길이 코앞까지 닥쳤다는 것이 가장 큰 문제였다.

'하지만 지금이라면 가능하겠군.'

그가 바라오던 상황이다.

짧은 찰나의 순간 성진경은 내심 불안함을 느꼈다.

여기서 구양경의 절초가 쇄도하는 순간 천마는 목숨이 위태로워질지도 몰랐다.

'죽을 작정인가?'

이미 구양경의 진신합마공이 천마의 코앞까지 도달해 있

었다.

우려하는 성진경과 달리 전설적인 무인인 천마를 자신의 손으로 죽일 수 있는 것인가 하는 희열에 차오른 구양경이었다.

바로 그때였다.

"멸천(滅天)."

절초를 펼치던 구양경과 성진경의 시야가 짧은 찰나 어둠에 잠겼다.

챙!

단 한 번의 검명이 울리며 그의 주변을 빈틈없이 공략해 오던 여덟 자루의 이기어검강이 순식간에 사라졌다.

검초가 파훼된 것이 아니라 그 공간 내에 있던 모든 것이 완전히 소멸되었다고 보는 것이 옳았다.

가장 근접해 있던 다섯 자루의 보검은 어디로 갔는지 완전히 사라져 있었고, 허공에서 회전하며 초식을 펼치던 세 자루의 보검은 공력이 끊기면서 그 힘을 잃고 바닥에 떨어졌다.

쿵!

"크헉!"

천마를 향해 진신합마공을 펼치던 구양경의 신형이 힘없이 바닥에 떨어졌다.

바닥에 떨어진 구양경의 오른손이 어디로 사라졌는지 통째로 잘려 나간 것처럼 깨끗하게 없어졌다.

"끄으으으으! 내 손이… 내 손이 사라지다니!"

구양경이 자신의 사라진 오른손을 붙잡고 고통스러워했다.

도저히 이해할 수 없는 일이었다.

찰나의 순간에 단 한 번 검을 휘둘러 성진경의 절초를 소멸시킨 천마는 이번에는 검게 물든 손을 뻗었는데 구양경의 중지가 닿는 순간 얼음 녹아내리듯이 사라져 버렸다.

진신합마공을 펼치던 반동 때문에 멈추지 못하고 손목까지 사라지는 순간 기겁한 구양경이 내상을 입는 한이 있더라도 내공을 거둬들이면서 바닥에 떨어진 것이다.

"쿨럭쿨럭!"

절초를 거둬들였으니 그 내상이 보통일 리가 없었다.

구양경이 기침을 할 때마다 입에서 선혈이 흘러내렸다.

"헉헉, 역시… 괴물……."

무리해서 열두 자루의 보검으로 이기어검강을 펼친 성진경 역시도 식은땀을 흘리고 거친 호흡을 내뱉으며 바닥에 털썩 주저앉았다.

"이럴 수가… 이 둘을 이렇게 꺾다니……."

천극염이 입을 다물지 못하고 경악스러운 표정으로 천마를 바라보았다.

오황 중에서도 가장 강한 두 명의 절대 고수가 동시에 합공을 하고도 패배한 것이다.

"이게 조사 어른의 진정한 힘인가?"

전성기적 힘을 되찾은 천마의 무위는 그야말로 무적이라 할 만했다.

과연 누가 그의 상대가 될 수 있을지 의문이 들 만큼 너무나도 경악스러운 능력이었다.

『천마님, 부활하셨도다』 12권에 계속…

이제부터 전자책은

이젠북

www.ezenbook.co.kr

새로운 세계가 열린다!

김재한 『성운을 먹는 자』   철백 『대무사』
니콜로 『마왕의 게임』   가프 『궁극의 쉐프』
이경영 『그라니트:용들의 땅』   문용신 『절대호위』
탁목조 『일곱 번째 달의 무르무르』   천지무천 『변혁 1990』
강성곤 『메이저리거』   SOKIN 『코더 이용호』

이름만 들어도 황홀할 정도의 별들의 향연!
이들의 "유료연재"가 시작됩니다!

검색창에 **이젠북**을 쳐보세요! ▼

초대형 24시 만화방

신간 100%, 샤워실, 흡연실, 수면실(침대석), 커플석, 세탁기 완비

■ 광명 광명사거리역점 ■

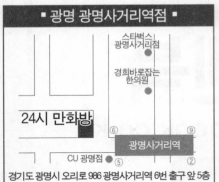

경기도 광명시 오리로 986 광명사거리역 6번 출구 앞 5층
02) 2625-9940 (솔목타워 5층)

■ 강북 노원역점 ■

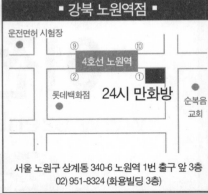

서울 노원구 상계동 340-6 노원역 1번 출구 앞 3층
02) 951-8324 (화용빌딩 3층)

■ 일산 정발산역점 ■

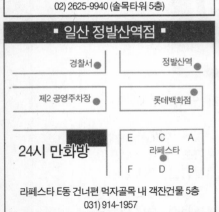

라페스타 E동 건너편 먹자골목 내 객잔건물 5층
031) 914-1957

■ 일산 화정역점 ■

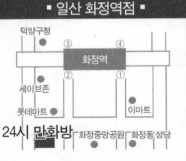

경기도 고양시 덕양구 화정동 984번지 서일빌딩 7층
031) 979-4874 (서일사우나 건물 7층)

■ 부천 역곡역점 ■

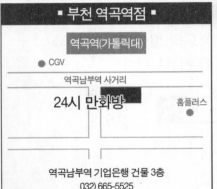

역곡남부역 기업은행 건물 3층
032) 665-5525

■ 부평역점 ■

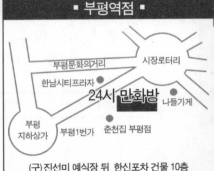

(구)진선미 예식장 뒤 한신포차 건물 10층
032) 522-2871